수필창작의 기초와 실제

초보 글쓰기의 길잡이

수필창작의 기초와 실제

변해명 지음

선우미디어 sunwoomedia

'수필창작의 기초와 실제'를 펴내면서

이 책은 어떻게 하면 수필을 두려움 없이 잘 쓸 수 있을까? 라고 생각하는 사람들을 위해서 만든 말 그대로 실제 수필창작을 위한 기초 이론서이다.

또한 체계적인 문학수업을 받지 못한 사람들이 오로지 글을 쓰고 싶은 욕구로 시작된 수필쓰기 첫 단계 과정으로, 글쓰기는 어렵다는 선입관과 어떤 것을 먼저 알아야 하는지 고민하는 사람들에게 글과 가까워지며 글을 알고 정확하게 쓰려는 태도를 가지도록 하려는 데 목적이 있다.

전문적인 지식이 없는, 다양한 연령층에서도 쉽게 글쓰기에 접근할 수 있도록 했다. 이론중심의 전문서적에서는 찾아볼 수 없는 연습 위주의 기초적인 글을 써 나가는 접근방법을 익히는 과정이라 생각하면 좋을 것이다.

글쓰기는 타고난 소질보다 기초와 요령을 익혀 반복 연습하고 훈련을 쌓아가는 가운데 이루게 되는 과정이다. 그런 노력에서만 글쓰기의 불안과 공포로부터 해방되고 자신감과 의욕을 가지게 될 것이다.

글을 쓰기 위해서는 먼저 많은 단어를 알아야 한다. 내 기억 속의 단어들이 얼마나 되는가, 그 단어들이 글을 쓸 자료로서 얼마나 내 생각이나 주제를 담아낼 수 있는가를 살핀다. 그리고 글쓰기를 통해 하나의 언어가 어떻게 달리 쓰이는가를 찾아보고 또 글을 쓰기 위해 얼마나 많은 연상을 이끌어내는가를 자연스럽게 익혀나가며 문장화하는 과정을 밟는다.

그런 과정을 거치며 우리말의 어휘를 풍부하게 하고, 글쓰기에 흥미를 느끼며, 스스로 글쓰기에 욕구와 자신감을 가질 수 있게 된다면 글쓰기의 기초는 이룬 셈이다. 그리고 효과적인 표현과 그에 못지않게 자신의 생각을 어떻게 담아낼 것인가 관심을 기울여 생각과 느낌이 함께 담기는 글쓰기로 발전한다면 글쓰기의 두려움은 사라질 것이다.

글을 쓰고 싶다는 욕구만으로 출발하여, 자신의 생각을 담아내고, 효과적인 표현으로 문장을 다듬고, 아름다운 우리말을 찾아 하나의 작품으로 완성된 글을 쓰게 될 때 비로소 좋은 글이 어떤 글인가를 알게 될 때까지 낙오됨이 없이 함께 달릴 수 있기를 바란다.

2012년 서울 수유동 서재에서　변해명

차례

제2장 문장의 원리

제 3 장 수필쓰기의 실제

제 1 장

글쓰기의 이론과 실제

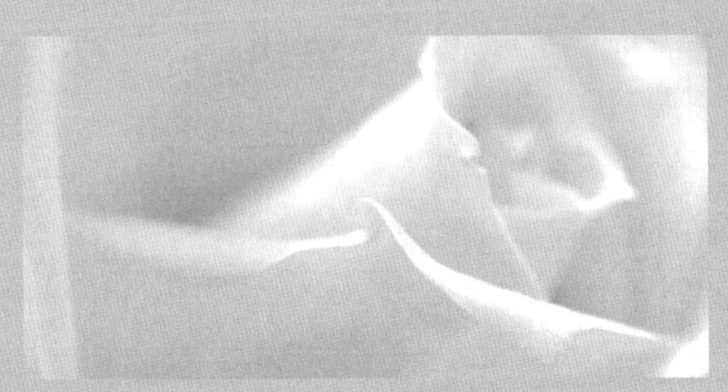

Ⅰ. 글이란 무엇인가

1. 말과 글

　말과 글은 인간의 사상이나 감정을 나타내고 전달하는 수단이다. 사람들은 말과 글을 통해 자신의 생각과 의견, 느낌 상황 등을 표현함으로써 서로의 생각을 공유하고 사회적인 의사소통에 관여하게 된다. 그러므로 사람들은 삶의 과정에서 말과 글을 통해서 여러 가지 문제들을 합리적으로 해결하려 한다.

　말은 자신의 생각이나 느낌을 음성으로 담아내는 것이고, 글은 자신의 느낌과 생각을 문자를 빌려 기록하는 것이다.

　말은 훈련과정을 거치지 않고도 별다른 어려움 없이 상대방과 의사소통을 할 수 있다. 말의 조리가 없는 경우라도 표정, 눈빛, 몸짓, 소리에 강약을 통해서 충분히 자신이 의도하는 것을 전달할 수 있다. 그러나 말은 입에서 나오는 순간 사라지기 때문에 시간적으로 제약을 받는다. 또 멀리 있는 사람은 그 말을 들을 수 없어 공간적으로도 제약을 받는다.

글은 문자로 표현하기 때문에 시간적으로나 공간적으로 제약을 받지 않을 뿐만 아니라 한번 쓴 글은 고치고 다듬고 생각을 정리할 수 있고, 멀리 전달하고, 두고두고 볼 수 있으며 언제까지나 남길 수 있는 이점이 있다. 그러나 문자로만 의미전달의 수단이 됨으로 자기 생각도 충분히 표현하지 못하는 경우 상대방도 이해하는 데 어려움을 겪을 수 있다.

글을 잘 쓰지 않으면 말로 이야기를 듣는 것보다 읽어서 받아들이는 느낌이나 감동의 전달이 적을 수도, 다를 수도 있다. 글을 쓸 때에는 말하기에서보다 단어 선택, 어휘의 문법적 관계, 의미요소 등에 세심한 주의를 기울이지 않으면 오히려 말하기보다 더 이해하기 어렵고 오해의 소지가 많아지는 문제점이 있다.

더구나 문학성을 고려하여 쓴 글이라고 할 때, 각각의 어휘가 가지는 사전적인 의미나 맥락에서 뿐만 아니라 문학어로서의 음악성, 함축적 의미, 묘사 등 언어감각에 훈련이 이루어져야 하는 어려운 점이 있다.

2. 좋은 글은 어떤 글인가

우리는 하루 동안에 수많은 글을 읽게 된다. 신문, 잡지, 교과서, 인터넷, 일기, 편지, 광고문 등 많은 읽을거리가 눈에 들어온다.

글을 읽으면 글을 쓴 사람의 생각과 글을 쓴 목적을 알게 된다. 글은 그 자체로 완성된 언어표현이고 의미전달이기 때문이다.

글은 오직 글자만으로 표현 전달하기 때문에 쓰는 사람은 생각을 정리하고 글로 엮어가는 과정에 시간이 필요하다. 그러므로 좋은 글을 쓰려면 오랜 훈련과 노력이 따른다. '글은 사람이다'라는 말이 있듯 글을 읽으면 그 사람을 알게 된다. 남의 글을 읽으면 그의 생각과 느낌을 받아들임으로 이해하게 되고 새로운 세계를 맛볼 수 있다. 뿐만 아니라 글 쓴 사람이 자신의 생각을 어떻게 담아냈는가도 보게 되고, 진실하고 성실하게 다듬어 썼는가 아닌가도 느끼게 되고, 글쓴이의 인격과 교양도 가름하게 된다.

글을 읽으면 글쓴이를 이해하거나 글의 내용을 이해하는 힘을 기를 수 있다. 글을 읽으면 새로운 경험에 접하게 되고, 글을 통하여 이미 경험한 내용도 더 검토할 수 있다. 때문에 생활주변에 관심을 가지게 되고 내 생각도 길러지게 된다.

반면에, 좋은 글을 쓰려면 먼저 내가 쓰고자 하는 글이 당면하고 있는 문제가 무엇인가 정확하게 파악해야 한다. 그리고 글거리가 될 수 있는 주제에 대한 정확한 인식이 필요하다.

하나의 주제를 담아내는 소재는 다른 주제와 연관되지 않는, 하나의 주제를 분명하게 밝혀내는 것이어야 한다. 그리고 소재만을 보고 단순하게 생각해서 글을 쓰면 아무리 좋은 소재라도 좋은 글이 되지 못한다. 또 자신이 보는 일면만을 가지고 전부인 냥 파악했다고 생각해서도 안 된다.

인간 삶의 본질에 대한 주제를 선택했다고 했을 때 사회적 존재로서의 인간과 개별적인 존재로서의 개인 사이에 모순과 긴장, 갈등 등 인간 사유의 문제가 그대로 반영되어야 한다.

이처럼 일반성과 보편성을 지향하는 인간 삶의 경향이 개별적 주제를 통해 필자만의 개성적인 방법으로 표현될 때 비로소 나만의 글이 될 수 있다.

어떻게 하면 올바른 내용을 글 속에 담아낼 것인가 하는 문제는 중요한 의미를 지닌다. 글을 쓸 때, 쓰고자 하는 내용에 대해서 관찰하고 검토하고 깊이 생각하는 힘을 길러야 한다.

주어진 문제에 대해 올바른 인식을 가지고 내용을 적절하게 기술하는 방법, 글의 짜임새와 논리, 기술방법, 문체나 수사의 선택 등, 내용을 효과적으로 표현하고 전달하는데 역점을 두어야 한다.

글을 쓸 수 있는 능력을 기르기 위해서는 끊임없는 수련을 쌓아야 한다.

좋은 글을 쓰기 위해서는 많이 읽고, 많이 쓰고, 많이 생각하라(三多量, 商量多)고 중국의 구양수(歐陽脩)는 삼다(三多)를 추천했다.

1) 많이 읽는다 : 좋은 책은 어휘의 보고다. 많이 읽으면 어휘가 늘고, 어휘를 구사하는 능력이 길러지고, 사물을 보는 눈이 분명하고 높아진다.

2) 많이 써본다 : 글을 많이 써 보아야 한다. 아무리 좋은 소재, 좋은 주제를 가지고 있다 하더라도 직접 글을 서보지 않으면 좋은 글이 써지지 않는다. 처음 글을 쓰는 사람은 글을 쓰려고 하면 머릿속이

하얗게 빈다는 말을 한다. 그것은 글을 어떻게 써야 할지 몰라 글쓰기에 두려움이 앞서기 때문이다. 이런 두려움을 극복하기 위해서도 글을 쓰는 습관을 지니면 그런 공포감에서 벗어날 수 있다.

3) **많이 생각해야 한다** : 주변의 현상이나 변화에 대하여 자기 나름대로 분석하고 검토하고 비판함으로서 다른 사람이 발견하지 못하는 점을 발견하고 그냥 지나쳐버릴 수도 있는 것을 찾아내는 안목이 생겨야 글을 잘 쓰게 된다. 많이 생각한다는 것은 관찰력과 예민한 감수성을 기르라는 뜻이다. 보고 느낀 바를 메모하여 두는 습관도 많이 생각하는 과정이다. 글의 내용과 표현형식을 깊이 생각하고, 여러 번 음미하며, 잘된 점과 잘못된 점을 찾아 비판하는 습관은 생각을 기르는데 있다.

3. 좋은 글의 요건

1) 좋은 글이란 생각과 느낌이 효과적으로 잘 전달되는 글이다.
   좋은 글은 내용이 충실한 글이다. 필자가 말하고 싶은 것을 잘 담아 글이라고 말 할 수 있다. 그 말하고 싶은 것이 말 할 가치가 있는 것이어야 하고, 말하려는 태도가 충실한 글의 바탕이 되어야 한다.

2) 좋은 글은 자신의 창의력에 의한 독창적인 글을 의미한다.

누구나 다 아는 사실, 누구나 다 아는 표현으로 글을 쓴다면 독창성이 결여된 글이 되고 만다.

3) 좋은 글은 정성이 담긴 글이다.

진실한 내용을 성실하게 쓴 글이 좋은 글이다. '글은 사람이다', '글은 마음의 거울이다'라는 말처럼 글에는 글쓴이의 정신과 철학, 가치관, 인생관, 등 모든 것이 담긴다. 이처럼 자신을 들어내는 글이 진실을 외면하고 거짓으로 써졌다면 그 글은 읽는 이를 감동시키지 못한다. 비록 표현은 어눌해도 마음의 진솔함을 담아내면 독자를 감동시킨다.

4) 좋은 글은 논리가 정확하고 의미전달이 명료하다.

무슨 말을 쓰는지 분명한 글이 좋은 글이다. 명료한 글이 되려면 어려운 말이나 자기 식의 복잡한 말, 불필요한 표현을 늘어놓아 난해한 문장을 만들어 놓지 않는다. 프랑스의 소설가 프로벨은 일물일어설(一物一語說)을 주장한 것은 정확한 어휘선택이 명료한 표현이 될 수 있기 때문이다.

5) 좋은 글은 표준어로 어법에 맞게 쓴 글이다

표준어를 사용하고, 비어나 속어, 유행어를 피하며, 문법에 맞게 써야 한다. 맞춤법, 띄어쓰기도 되지 않는 문장은 기초가 되지 않은 인상을 준다.

4. 글의 구성

1) 단어

　문장은 여러 개의 단어가 모여서 이루어진다. 좋은 문장을 쓰려면 그 문장에 꼭 맞는 단어를 선택해야 한다. 가장 적절한 단어를 찾아 쓰는 문장은 좋은 글을 쓰는 기본 요건이다. 우리는 그 자리에 꼭 필요한 단어를 찾지 못해서 글을 쓸 때 고민하게 된다. 그런 단어를 찾아 쓸 수 있다는 것은 많은 단어를 머릿속에 지니고 있다는 의미이며 그런 의미는 책을 많이 읽어서 어휘를 풍부하게 지닌다는 의미도 된다. 그러므로 좋은 문장을 쓰려면 단어 고르기에 유의해야 한다.

　① 내가 익히 써온 , 순수한 우리말을 고른다.
　② 누구나 다 아는 알기 쉬운 단어를 고른다.
　③ 되도록 표준어를 고른다.
　④ 구체적인 단어를 고른다.

2) 단락 또는 문단

　글에서 하나의 단일한 생각을 나타내는 글의 기본적 단위를 단락이라고 한다. 단락 속에는 하나의 짧은 생각이 들어있다.

　단락이 시작되는 줄에 첫 글자는 한 칸 들여 써서 새로운 문장이 시작되는 것을 알린다.

　하나의 문장은 여러 개의 단락으로 이루어지는데, 형식단락과 의미단락으로 구분한다. 형식단락은 독립된 의사전달의 최소 단위로 형식상으로 나누어진 단락이다. 내용단락은 몇 개의 의미가 비슷한 형식단락을 묶어 하나의 생각이나 의미 전달의 최소 단위가 되는 단락으로 묶을 수 있는 단락 즉 문단이되는 단락이다.

문단은 하나의 완결된 생각이 담기는 단위로 다른 문단과 비교하여 생각의 구분을 찾아낼 수 있다.

문장과 문단은 서로 의미상의 연결을 지니고 있다. 그러나 그렇지 않은 문단도 있다.

3) 글을 쓸 때 문단을 지을 때

① 한 개의 문단 안에는 한 가지 사실만을 담아내야 한다. 여러 개의 의미가 담기면 독자들에게 모호하고 의미전달이 분명하게 전달되지 않는다.

② 문단에 따라서는 의미가 분명하게 담기는 문단이 있고, 앞의 의미를 재설명하는, 그 글에서 빼내어도 의미전달에는 별 지장을 주지 않는 문단도 있다.

③ 문단을 크게 나누어 보면, 서두, 본문, 결론으로 나누어 볼 수 있고, 본문도 몇 개의 문단으로 나누어 글이 쓰인 형식을 찾아볼 수 있다.

단락을 나눌 때에는 그 내용이 통일성, 일관성, 완결성을 지녀야 한다.

① **통일성** – 한 단락 안에서 이루어지는 이야기는 하나여야 한다. 둘 이상의 이야기도 의미는 같은 것이어야 한다.

② **일관성** – 단락을 이루는 여러 문장들이 서로 유기적으로 긴밀하게

이어져야 한다.

③ **완결성** – 중심사상을 뒷받침할 작은 예문, 인용, 설명 등이 중심사상이 되는 주제를 뒷받침하는 것들로 서로 이어져야 한다.

4) 단락짓기

① 기본단락(중심사상이 진술된 단락)

도입단락 – 글의 주제와 방향을 제시하는 단락

전개단락 – 본문이 되는 단락

결말단락 – 글을 마무리 짓는 단락

② 보조 단락

연결단락 – 단락과 단락을 연결시켜주는 단락

부연단락 – 이야기의 내용을 거듭 설명으로 분명하게 해 주는 단락

강조단락 – 내용의 핵심을 더욱 힘주어 효과를 높이는 단락

※ 예문

빈집   –변해명

　지난겨울 바람에 흔들리던 벌집이 땅에 떨어졌다. 접착제로 붙인 것보다 더 단단하게 붙어서 떨어질 것 같지 않았는데 공중에 매달려 있는 집이라 바람이 불 때마다 동서로 브라질을 하더니 매달린 꼭지에 금이 커지면서 칼로 자른 듯 끊어져 버린 것이다. 벌들이 없는 빈집은 시골에 버려진 빈집들처

럼 바람의 무게를 이기지 못하고 스스로 여위어 무너져 내린 느낌이었다.

-〈도입단락〉

어느 날 거실 커튼을 열자 유리벽으로 내다보이는 처마널에 집을 짓고 있는 작은 벌들이 눈에 들어왔다. 벌이라기보다 개미라고 착각할 만큼 아주 작은, 나나니벌처럼 생긴 처음 보는 벌들이었는데, 어디서 날아왔는지 이미 엄지손가락 크기의 집이 지어지고 있었다. 나는 그 벌들을 발견한 후 작은 벌들이 움직이는 세계가 흥미로워 바라보는 시간이 잦아졌다.

-〈부연단락〉

그렇게 바라보게 된 벌들의 역사役事는 봄에서 초겨울까지 이어졌는데 그 동안 벌집은 껍질이 벗겨진 작은 수세미 하나가 납작하게 눌린 모습처럼 커지며 수백 마리를 헤아릴 것 같은 벌들이 그 집을 덮고 있어서 장관을 이루었는데, 어느 추운 날 새삼 커튼을 걷고 바라본 그 벌집에는 벌들이 모두 사라지고 육각형의 촘촘한 소반(巢盤)만이 마치 구렁이 허물처럼 속살을 들어내며 바람에 흔들리고 있었다.

수백 마리가 까맣게 벌집을 에워싸고 분주하게 역사가 이루어지던 때와는 달리 그들이 평생을 바쳐 집을 짓던 작업은 추위와 함께 끝이 났다.

도로(徒勞)에 불과한 작업을 위해 평생을 걸고 허덕이더니. 껍질만 남아 깃발처럼 펄럭이는 빈집은 바라보기조차 허망했다. 그리고 그 집조차 제자리를 지키지 못하고 떨어진 것이다.

-〈중심단락〉

　나는 떨어진 빈 벌집을 차마 버리지 못하고 햇볕이 잘 드는 처마 밑 나무더미 위에 얹어놓고 봄에 벌이 나오기를 기다려보기로 했다.

　내가 어릴 적에 본 외가의 꿀벌들은 겨울이 되어도 죽지 않았다. 벌통의 벌들이 겨울을 넘길 꿀이 모자랄 때는 밖으로 나간 수벌이 벌통에 들어오지 못하게 입구에서 막아 벌통 속에 벌의 숫자를 스스로 조정하는 것은 보았지만, 봄이 되면 배로 늘어난 식구로, 스스로 여왕벌이 벌통 밖으로 나와 일정한 일벌과 수벌을 데리고 분가하기까지 하는데, 그런 것으로 미루어 보면 그 벌집에도 여왕벌이 묻어둔 유충은 있을 것만 같았다.　　-〈연결단락〉

　이곳에 집을 지을 때는 영원히 살아 있을 것처럼 사력을 다해서 집을 짓고 꿀을 저장했는데, 비 오는 날에도 꿀을 찾아 빗속으로 날아갔고, 어두운 밤에도 집을 지으면서 봄부터 가을까지 여러 가지 꽃들이 피어 있는 우리 집 마당을 행운의 터전으로 생각하고 부지런히 움직였는데, 봄이 오면 그 작은 날갯짓의 모습들을 이 뜰에서 다시 보고 싶었다.

　나는 지금 봄볕이 눈부신 뜰에서 작은 벌들이 남긴 꿈의 껍질을 생각한다. 죽음을 앞에 놓고 모천으로 거슬러 오르는 연어처럼 어미는 죽음을 감지하며 내일에 벌집을 지을 유충을 묻고 떠났을 것을 믿고 싶다　　-〈강조단락〉

　나는 마당에 꽃씨를 심는다. 마당에 꽃이 피어나면 어디서 왔는지 알 수 없지만 그 벌을 닮은 다른 벌들도 날아들어 그 자리에 다시 집을 지으며 열심히, 꿀을 저장하며 삶의 터전을 만들어갈 것이다. 비록 삶이 노역으로 남겨질 빈집을 짓는 허명놀이라 해도.　　-〈결말단락〉

Ⅱ. 글쓰기의 실제

1. 나만의 단어장 만들기

짝사랑을 해본 사람과 해보지 않은 사람은 '짝사랑'이란 그 단어를 들었을 때 반응이 다르다. 그리고 그 단어와 연관된 기억이나 추억들이 얼마나 이야기로 담아 낼 수 있는가는 경험자가 훨씬 실감나고 수월하다.

짝사랑을 해 본 사람은 '짝사랑'이란 단어만 나와도 그 짝사랑하던 대상이 떠오르고, 그때의 여러 추억들이 떠오르고, 그 기분에 젖을 수 있다. 그리고 이내 짝사랑에 대한 이야기를 풀어낼 수 있다. 그런데 한 번도 짝사랑을 해 본 일이 없는 사람은 ' 자기를 마음에 두지 않는 이성에 대한 사랑' '혼자 상대방 모르게 하는 사랑?' '그야 혼자 일방적인 사랑이니 혼자 상처받은 일이지' 등으로 단어가 가져다주는 일반적인 인식이나 어휘풀이 정도로 끝이 난다.

<짝사랑>이란 제목으로 글을 쓰라고 하면 경험자는 가슴에 담겨 있던 추억들을 절절한 그리움과 아픔을 술술 풀어낼 것이고, 경험이 없는 자는 단어풀이나 남의 예를 들거나 글을 쓰지 못하고 애만 태울 것이다. 즉 소재로 사용할 수 있는 단어로써 적절성을 잃고 말 것이다.

그처럼 자신의 **기억의 창고**에서 **이야기를 보듬고 있는 단어들을 찾아 단어장**을 만든다. 그런 단어들이 글을 쓰는 기초가 되고, 그 단어들은 체험이란 과정을 거친 단어들로 많으면 많을수록 글을 쓰는 소재가 풍부해진다.

그런 단어들로 만들어지는 단어장을 (가)에서 (하)까지 체계적으로 정리해 보면 자기가 지닌 단어 수가 얼마나 빈약하고 생각과 느낌의 체험이 부족한가를 느끼게 된다.

단어장을 만들 때 그저 단어만 쓰는 것이 아니다. 단어 하나하나에 자신만이 내리는 정의를 단어와 함께 써보는 것이 좋다. 그것이 글을 쓰게 하는 실마리가 되기 때문이다. 그 정의는 사전적인 정의가 아니라 내가 생각 속에서 익혀온 나만의 정의여야 한다.

단어장을 만들 때 노트 한 줄에 단어 하나를 좌측에 쓰고 그 옆에는 실마리가 되는 정의를 메모처럼 쓴다. 예를 들면,

- 고향 : 평생 그리워하는 곳. 영원히 벗어날 수 없는 모성.
- 감나무; 고향집 앞마당에서 까치밥을 달고 있던 나무.
- 길 : 끝없이 열린 미지로의 여행, 그리움, 삶의 여정…

등으로 그 단어에 대한 자신만의 글을 이끌어내는 실마리다.

‘고향’의 실마리를 ‘머무르기 위하여 떠나는 곳’이라고 하면 북에 고향을 두고 온 사람 또는 성공하고 돌아와 고향의 일꾼이 되겠다고 고향을 떠난 사람이 떠오른다. ‘고향’을 ‘영원히 벗어날 수 없는 모성’이라고 정의한다면 고향이 일반적인 의미를 벗어나 더 넓은 상징적인 의미를 지니는 것을 알 수 있다. 그런 단어들이 모여 노트가 되면, 그 단어들로 짧은 글을 짓는 과정이 쉬워질 것이다.

그런 단어모음과 단어의 정의와 짧은 글쓰기 등은 글을 쓰는 소재의 빈곤에서 벗어날 수 있게 해준다.
라이너 마리아 릴케는 〈젊은이에게 보내는 편지〉에서 이런 말을 하고 있다.

당신의 귀에 세상으로부터 아무런 소리도 들리지 않는 감방에 당신이 갇혀 있다 할지라도, 당신은 당신의 어린 시절을, 왕이나 가질 수 있는 그 소중한 재산을, 그 기억의 보물창고를 갖고 있지 않습니까? 그곳으로 당신의 관심을 돌리십시오. 까마득히 머나먼 옛날의 가라앉아버린 감동들을 건져 올리려고 애써 보십시오.

결국 ‘자신의 내면에 저장되어 있는, 자신과 한 몸이 된 과거의 추억에서 소재를 구해야 한다는 것은 글을 쓰는 가장 바람직한 글쓰기의 기초임을 말해주고 있다. 많은 사람들이 글을 쓴다고 하면서 실패하는 것은 처음부터 ‘무엇을 쓸 것인가’ 하면서 자신의 기억창고의 보물을 버리고 엉뚱한 곳에서 소재를 찾아 나서려고 하는 데 있다. 그런데 그런 단어들의 노트가 만들어지면 그런 실패를 처음부터 극복할 수 있을 것이다.

모든 글쓰기의 출발은 자신의 기억 속의 저장된 자신만의 이야기를 찾아내는 연습에서 비롯된다.

다음 빈칸에 단어장을 만들어 본다.

2. 단어와 실마리 쓰기

〈예〉

순서	낱말	실마리	
가	그리움	어머니는 언제나 내게 있어 그리움의 대상이다	
	거울	거울 속의 나는 언제나 낯설다	
나	낙엽	········	

3. 나만의 단어 찾기와 실마리 쓰기

배열 순서	낱 말	실마리

4. 연상되는 단어 찾아 써보기

한 단어가 가져다주는 연상되는 다른 단어를 써 본다.

한 단어를 생각하면 따라서 생각나는 다른 단어들이 있다. 그런 단어들을 찾아 쓰는 연습을 해본다.

'가을' 하면 참으로 많은 단어들이 떠오른다. 노트 한 페이지를 다 채우고도 남을 수 있다.

단풍, 낙엽, 갈대, 푸른 하늘, 열매, 수확, 잠자리, 귀뚜라미, 달밤, 기러기, 국화, 독서, 외로움, 알밤, 이별, 그리움, …

얼핏 보면 그 단어와 연상되는 단어가 아닌 것 같은 단어도 본인에게는 어떤 의미로 떠오를 수 있다.

이런 연상되는 단어도 자기만의 의미를 가진 단어들로 채워보면 글을 쓸 때 좋은 징검다리가 된다.

5. 연상되는 단어들로 글쓰기

아래 글은 '봉숭아'란 단어가 가져다 준 연상된 단어들을 모은 글쓰기의 일부다. 줄을 근 단어는 '봉숭아'와 연상된 단어들이다.

어머니는 손톱을 못 깎게 했다. 일을 하려면 손톱이 있어야 하는데 그 귀한 손톱을 왜 잘라서 없애느냐고 하시면서. …

내 손톱은 언제나 까맣게 땟국물이 들어 있었다. 아무리 닦아도 마늘 냄새와 그 물은 빠지지 않았다. 학교에서 손톱 검사를 할 때 나는 이빨로 손톱을 물어뜯어 짧게 했지만 선생님은 손톱 밑이 더럽다고 손을 깨끗이 씻으라고 지적을 했고, 그때마다, 일을 시키는 엄마가 미웠다.

어느 날 학교에서 돌아와 나는 어머니께 짜증을 내면서 손톱이 더러워서 선생님께 야단을 맞았다고 울음을 토했다.

그날 어머니는 마당에 놓인 평상에 앉아 밭에서 따온 피마자 잎으로 손톱 위에 으깬 봉숭아를 올려놓고, 실로 동여매어 봉숭아물을 들여주셨다. 그리고 별빛 초롱초롱 흐드러지게 핀 밤하늘을 쳐다보면서 나를 달래셨다.

"손톱이 닳도록 일을 해야 배를 곯지 않는단다."

……

어느 날, 낫으로 베여 피가 흐르는 어머니의 손을 유심히 보게 되었다. 열손가락 사이사이로 진물이 흐를 정도로 물에 불어 있는 어머니의 손등은 불거진 심줄로 거칠 대로 거칠었고 손톱은 닳고 닳은 손톱이 살 속에 파여 들어간 것처럼 보였다.

지금 내가 어머니의 나이가 되고 보니, 내 어머니의 손톱은 자식들을 위해 열심히 사셨던 고생의 흔적이었다는 것을 비로소 느낄 수 있었다. 그때는 몰랐다. 왜 몰랐었을까? (생략)   -학생작품 -

연상으로 떠오른 체험 속의 단어들을 가지고 그날의 기억 속으로 들어가 쓴 어느 학생의 글이다.

내 손톱→ 봉숭아 → 어머니의 손톱 → 어머니의 삶 → 자식 사랑

이와 같이 '봉숭아'란 한 단어 속에는 사람마다 경험에 따라 다른 추억
들이 담겨 있을 것이다. 연상되는 단어들을 따라 나의 추억 속 이야기를
써 보자.

봄

시장

길

세상에서 가장 아름다운 것

어머니

잊지 못한 사람

한국인의 특성

Ⅲ. 짧은글 쓰기

1. 단어의 의미를 나름대로 정의하여 써보기

생각

마음

양심

노력

공부

신념

희망

좌절

2. 짧은 글짓기

길

파도

첫사랑

고향

친구

바람

시장

거리

그리움

기다림

3. 여러 가지 의미로 쓰이는 단어 이해하기

1) 한 단어에 담긴 여러 의미(변용되는)를 찾아 바르게 짧은 글짓기

〈예〉 죽다 :

① 목숨이 끊어지다 - 고양이가 늙어 죽었다.

② 멈추다 - 시계가 죽다.

③ 변하다 - 색이 죽다.

④ 잡히다 - 술래잡기에서 술래에게 죽다(잡혔다).

⑤ 없어지다 - 기가 죽다. 풀이 죽다.

⑥ 심한 정도 - 웃어 죽겠다, 좋아 죽겠다. 배고파 죽겠다.

⑦ 있는 힘을 다하여 - 죽을힘을 다하여.

2) 우리 신체에 관계된 말이 파생된 의미변화로 쓰이는 경우를 짧은
　글로 표현해보기

〈예〉손 :

① 손에 설다.

② 손이 거칠다.

③ 손을 대다.

④ 손을 빌다.

⑤ 손을 빼다.

⑥ 손을 뻗치다.

⑦ 손이 놀다.

⑧ 손이 바르다.

⑨ 손이 여물다.

⑩ 손이 작다.

⑪ 손이 크다.

⑫ 손이 맞는다.

<예> 목 :

① 목이 메다.

② 목을 놓다.

③ 목을 축이다.

④ 목을 걸다.

⑤ 목이 잠기다.

⑥ 목을 자르다.

⑦ 목이 떨어지다.

⑧ 목이 막히다.

⑨ 목을 지키다.

⑩ 목이 길다.

〈예〉 눈 :
① 눈을 감다.

② 눈이 날카롭다.

③ 눈뜨다.

④ 눈을 피하다.

⑤ 눈이 무섭다.

⑥ 눈에 나다.

⑦ 눈에 선하다.

⑧ 눈에 설다.

⑨ 눈에 익다.

⑩ 눈을 속이다.

⑪ 눈이 높다.

⑫ 눈이 멀다.

⑬ 눈이 어둡다.

⑭ 눈에 어리다.

3) 한 단어가 변용되어 쓰는 의미를 찾아 짧은 글을 지어본다.

⟨예⟩ 꿈

　① 꿈꾸다.

　② 꿈을 깨다.

　③ 꿈이 깨지다.

　④ 꿈밖이다.

　⑤ 꿈길

　⑥ 꿈자리

　⑦ 꿈결

　⑧ 꿈땜

4) 여러 단어를 넣어 문장쓰기

① 주어가 되는 단어

-나는

-나무가

-오늘은

-사람이

② 서술어가 되는 단어

-울다.

-먹다.

-아름답다.

-기쁘다.

③ 단어와 문장을 이어주는 단어를 넣어 문장 만들기

-그리고,

-그래서,

-그러면,

-그런데,

-그러므로,

-그러나,

-그렇게,

-갑자기

-문득,

-마침내

-결국

-어쩌면,

※ 비의 이름

안개비 - 안개처럼 눈에 보이지 않게 내리는 비

이슬비 - 안개보다 조금 굵게 내리는 비

보슬비 - 알갱이가 보슬보슬 끊어지며 내리는 비

부슬비 - 보슬비보다 조금 굵게 내리는 비

가루비 - 가루처럼 포슬포슬 내리는 비

잔비 - 가늘고 잘게 내리는 비

실비 - 실처럼 가늘게, 길게 금을 그으며 내리는 비

가랑비 - 보슬비와 이슬비

싸락비 - 싸래기처럼 포슬포슬 내리는 비

날비 - 놋날(돗자리를 칠 때 날실로 쓰는 노끈)처럼 가늘게 비끼며 내리는
　　　비

발비 - 빗발이 보이도록 굵게 내래는 비

작달비 - 굵고 세차게 퍼붓는비

장대비 - 장대처럼 굵은 빗줄기로 세차게 쏟아지는 비

주룩비 - 주룩주룩 장대처럼 쏟아지는 비

달구비 - 달구(당을 다지는 데 쓰이는 쇳덩이나 둥근 나무 토막)로 짓누르듯
　　　거세게 내리는 비

채찍비 - 굵고 세차게 내리치는 비

여우비 - 맑은 날에 잠깐 뿌리는 비

소나기 - 갑자기 세차게 내리다가 곧 그치는 비

먼지잼 - 먼지나 잠재울 정도로 아주 조금 내리는 비

개부심 - 장마로 홍수가 진 후에 한동안 멎었다가 다시 내려, 진흙을 씻어

　　　　내는 비

바람비 - 바람이 불면서 내리는 비

도둑비 - 예기치 않게 밤에 몰래 살짝 내린 비

누리 - 우박

궂은비 - 오래 오래 오는 비

찬비 - 차가운 비

밤비 - 밤에 내리는 비

억수 - 물을 퍼붓듯이 세차게 내리는 비

웃비 - 비가 다 그치지는 않고, 한창 내리다가 잠시 그친 비

해비 - 한쪽에서 해가 비치면서 내리는 비

꿀비 - 농사짓기에 적합하게 내리는 비

단비 - 꼭 필요할 때에 알맞게 내리는 비

목비 - 모낼 무렵에 한목 오는 비

못비 - 모를 다 낼 만큼 흡족하게 오는 비

약비 - 요긴한 때에 내리는 비

복비 - 복된 비

바람비 - 바람이 불면서 내리는 비

우레비 - 우레가 치면서 내리는 비

이른비 – 철 이르게 내리는 비

늦은비 – 철 늦게 내리는 비

마른비 – 땅에 닿기도 전에 증발되어 버리는 비

큰비 – 홍수를 일으킬 만큼 많이 내리는 비

오란비 – 장마의 옛말

건들장마 – 초가을에 비가 내리다가 개고, 또 내리다가 개곤 하는 장마

비꽃 – 비가 시작될 때 몇 방울 떨어지는 비

실비 – 실같이 내리는 비

가루비 – 가루처럼 뿌옇게 내리는 비

안개비 – 안개처럼 가는 비

는개비 – 안개보다 굵고 이슬비보다 가는 비

이슬비 – 는개비보다는 굵고 가랑비보다 가는 비

가랑비 – 이슬비보다 더 굵은 비

작달비 – 굵고 거세게 퍼붓는 비

발비 – 빗방울의 발이 보이도록 굵게 내리는 비

장대비 – 막대기처럼 굵게 쏟아지는 비

비보라 – 센 바람에 날려 마구 흩뿌려지는 비

단비, 꿀비, 약비, 복비 – 꼭 필요할 때 알맞게 내리는 참 고마운 비

Ⅳ. 내 생각을 표현해보기

1. 내게 가장 소중한 20가지

2. 20가지 중 버릴 것 10가지

3. 내가 버린 10가지 그 이유

V. 내 글로 다시 써보기

1. 고전을 내 글로 다시 쓰기

※ 예문

『흥부전』 중에서

"이놈 흥부야! 잘 살아도 네 팔자요 못살아도 네 팔자니, 형을 어찌 허구헌 날 뜯어먹고, 매양 살려 하느냐? 잔말 말고 어서 빨리 나가거라!"

흥부의 어진 마음이 얼핏 생각하니 형의 말투 벌써 이렇거늘, 만일 소란이 굴어 넘이 알라치면 형의 흉이 더 들어날지라, 잠자코 제 방으로 돌아와 아내와 더불어 나갈 일을 의논하니 흥부의 아내 또한 현숙한 부인이라 낭군의 뜻을 받아 한 마디 원망도 없이 눈물 흘리며 하는 말이,

"시아주버니께서 저리하나 나갈 길 전혀 없고, 나가자 하니 방 한 구석이 없으니 어린 자식들과 어디서 의지하리까?"

놀부에게서 쫓겨난 흥부는 어린 자식들을 데리고 거리로 나섰다. 흥부의 막막한 심정을 원래의 글의 의미와는 다르게 상상하며 써본다.

* 내 글처럼 써보기

2. 이야기 만들어 보기

일상생활에서 겪게 되는 다양한 경험들은 머릿속에서 일정한 줄거리로 엮어 이야기를 만들게 된다. 그 이야기는 자신들의 경험을 형상화시킨 것이며 가치관에 의해 이야기의 성격을 규정짓기도 한다.

이야기가 만들어지고 듣는(읽는) 사람들이 생기면 자신들이 공감하는 부분이 생기고 시대의 풍조나 흐름에 따라 공동으로 받아들이게 된다. 사회적 조건과 위치에서 생겨나는 이해관계에 따라 개인적인 편견이나 판단이 달라질 수 있게 마련이다. 자신이 생각한 바가 받아들이는 사람의 반응과 다르다고 실망할 필요는 없다. 시대에 따라 다른 판단이나 규범, 가치관에 변화로 고전의 해석도 달리 하게 되는 경우도 생겨나는 것으로 반응에 좌우될 필요는 없다.

글을 쓴다는 것은 먼저 상상과 연상 작용이 먼저 작용하게 된다. 그런데 그런 이야기를 만드는 데는 언어 이외에 다른 요소가 개입되지 않는다. 오로지 언어적 구성만으로 표현해내어야 한다.

그런 어려운 과정을 먼저 연습하는 방법으로 누구나 다 아는 고전을 자신의 입장에서 다시 써보는 것이다.

놀부와 흥부 형제의 단점과 약점을 이용하여 이야기를 오늘날의 시각에 맞게 고쳐보는 것도 재미있다. 여기에는 자신의 철학이나 인생관이 작용하게 된다.

놀부예찬을 쓰고 싶은 사람은 놀부의 구두쇠정신만을 취할 것이고 그를 통해 근검절약을 부각시킬 것이다. 흥부예찬론자는 흥부의 근면성과

따뜻한 인간미로 더불어 살아가는 세상의 아름다운 모습을 쓰려할 것이
다.

　우리가 읽은 옛 소설에 담긴 이야기를 패러디하는 과정이 자신의 인생
관이나 철학으로 변용될 것이다.

　1) 흥부 부부의 대화를 현실감각에 맞게 고쳐 써 보자.

　2) 놀부 부부가 흥부 가족을 내쫓으려는 대화를 써 보기

3. 내가 쓰는 흥부전

제목 : 흥부 홀로서기

주제 : 흥부의 자기혁신

구성 :

말머리 : ① 형으로부터 쫓겨난 흥부는 산속 빈집을 찾아 들어가다.

② 처마에 깃든 제비가 박씨 하나를 물고 와서 떨어뜨리다.

전개 : ① 박씨가 싹을 틔우고 자라는 것을 본 흥부는 깨달은 바가 있어

② 버려진 황무지를 개간하여 박씨와 여러 작물을 심어 가꾼다.

③ 산의 나무 열매와 약재를 캐고, 땔나무 등 온 가족이 노동에 매달린다.

④ 가을이 되어 풍성한 수확으로 삶의 터전을 마련하고 경제력을 지니게 되어 삶의 여유와 부를 누리게 된다.

맺음 : 형 놀부가 찾아와 격려하고, 비로소 유산을 분배해 준다.

〈참고〉

① 서로의 글을 비교하고, 흥부, 놀부의 인간상이 어떻게 변하였나를 서로 토론해 본다.

② 글을 쓰는데 중요한 것이 무엇인가 주제, 소재, 구성에 대해서 토론해 본다.

• 문제해결을 위한 방법

① 자기 생각의 주관적인 편견을 버리고, 객관화하려는 인식이 필요하다.

② 한 시대와 사회가 가지고 있는 제도, 관습, 가치관, 신념 같은 것들이 문제를 발견하고 자기가 표현하려는 주제를 가로막는 걸림돌이 되게 해서는 안 된다.

『여우와 포도송이』

잔뜩 굶주린 여우 한 마리가 커다란 나무 가지를 타고 올라간 넝쿨에 포도송이가 매달려 있는 것을 발견했다. 하지만 아무리 뛰어올라도 손이 닿지를 않았다. 그러자 여우는 포기하고 돌아서면서 이렇게 중얼거렸다.

"아직 덜 익었군."

『여우와 거대한 뱀』

길가의 무화과나무 밑에서 잠들어 있는 거대한 뱀을 발견한 어떤 여우가 그의 길다란 몸뚱이가 무척 부러웠다. 자기도 그렇게 길어지고 싶었다. 여우는 뱀 옆에 나란히 누워서 자신의 몸을 늘어뜨리기 시작했다.

그러나 지나치게 몸을 늘어뜨린 끝에, 이 한심한 여우의 몸은 결국 찢어져 버리고 말았다.

『배부른 여우』

굶주린 여우 한 마리가 커다란 참나무에 뚫린 구멍 속에서 맛있는 빵과

고기를 발견했다. 어느 양치기가 먹고 남겨 둔 음식이었다. 여우는 입구가 좁은 구멍 속으로 간신히 기어들어가 음식을 깨끗이 먹어치웠다. 하지만 한꺼번에 너무 많은 음식을 먹고 나니 배가 불러져서 밖으로 나올 수가 없었다.

여우는 흐느껴 울면서 자신의 신세를 한탄하기 시작했다.

다른 여우 한 마리가 그 옆을 지나다가 그 소리를 듣고는 무슨 일이냐고 물어보았다. 사정을 알게 된 여우는 이렇게 말했다.

"오, 저런! 그렇다면 자네가 처음에 그 구멍 속으로 들어갔을 때만큼 배가 홀쭉해질 때까지 기다리라구. 그러면 쉽게 빠져나올 수 있을 테니 말일세."

—≪어른을 위한 이솝우화전집≫에서 신현철 옮김

4. 〈여우와 포도송이〉에서

1) 여우의 입장에서 글 써보기

2) 여우의 속성으로 이야기 만들기

제 2 장

문장의 원리

Ⅰ. 문장의 원리

1. 좋은 문장을 쓰려면

① 같은 문장의 중복을 피하고,

② 논리에 맞아야 하고,

③ 생각의 비약으로 생각과 생각이 끊어지는 경우가 생기면 안 되고,

④ 문법에 맞게 표현되어야 하며,

⑤ 지나치게 긴 문장은 의미전달이 모호해짐으로 피하는 것이 좋다.

1) 정확성

문장은 문법에 맞도록 써야 한다. 문법에 맞는 정확한 글을 쓰려면
조사, 어미, 시제, 서술어 등의 형태와 구실에 유의해야 한다. 그래야
성분끼리 자연스럽게 호응되어 문장의 뜻이 분명해진다.

2) 경제성

① 불필요한 반복이나 불필요하게 길어진 어구는 피하는 것이 좋다.

② 모호한 문장은 뜻을 불투명하게 만든다.

③ 전달하는 생각에 비해 지나친 수식이나 설명은 글의 인상을 흐리게
   한다.

3) 다양성

단조로움은 흥미를 잃게 한다. 같은 이야기도 다양한 문장을 써서 효과
를 달리하는 것이 좋다.

4) 강조성

① 말의 순서를 도치시킬 때 문장의 뜻이 강조된다.

② 강조할 말을 문장 안에서 반복하면 뜻이 강조된다.

2. 문장의 길이

문장이 지나치게 길면 뜻을 파악하기 어렵고, 논리성도 약하게 된다.
문장은 한국 표준 문장의 길이인 50자 이내로 쓰는 것이 좋다.
　문장 구조는 단순한 것이 좋다. 되도록 홑문장으로 쓰고, 대등절의
반복·관형절화·복문화·문장의 접속화를 피해 야 한다. 문장을 삽입
하거나 직접 인용을 길게 하는 것도 삼가는 것이 바람직하다.

문장을 난해하게 하는 요소는 다음과 같다.

① 꼭 있어야 할 성분을 생략하면, 뜻이 불명확하고 난해한 문장이
   된다.

② 문장의 호응 관계가 깨어지면 문장의 뜻이 제대로 파악되지 않는다.

③ 너무 긴 문장은 대체로 난해하다.

④ 부적절한 어순은 문장의 흐름을 방해한다.

3. 서두와 결말

1) 서두와 결말

① 서두

서두는 글의 첫머리로, 글쓰기에서 가장 중요한 부분이다. 앞으로 어떤 내용으로 글을 써 나갈 것인가를 암시하고 읽는 이들에게 흥미를 가지게 하는 부분이다.

서두는 글의 성격에 다라 다르게 시작될 수 있으나 대체적으로 본 이야기에 들어가기 전에 관련되는 화제를 먼저 말하고 다음에 서두에 핵심인 본 이야기를 펼쳐 나간다.

시작이 반이라는 말이 있지만 나의 창작에 있어 시작이 전부라 해도 과언이 아니다. 시작만 되면 시간이 허하는 한 쉼이 없다. 서두 1행 때문에 살이 깎인다. 8.15이후 내가 들었던 붓을 놓고 침묵을 지키기 무릇 이태이거니와 구성까지 되어 있는 것도 이 서두를 내지 못해 머릿속에 그대로 썩어 나는

게 4-5개나 된다.   - 계용묵 〈침묵의 변〉에서

대부분의 작가가 소설에서 실패하는 것은 서두와 결말에 기인된다.

-안톤 체홉

2) 표제와 연관된 서두

나무는 덕을 지녔다. 나무는 주어진 분수에 만족할 줄 안다. 나무는 태어난 것을 탓하지 아니하고 왜 여기 놓이고 저기 놓이지 않았는가를 말하지 아니한다.   -이양하 〈나무〉의 서두

보리, 너는 차가운 당 속에서 온 겨울을 자라왔다.

-한흑구 보리의 서두

3) 중심사상을 압축한 서두

먹을 만큼 살게 되면 지난날의 가난을 잊어버리는 것이 인지상정인가보다. 가난은 결코 환영할 것은 못되나 빨리 잊을수록 좋은 것인지도 모른다.

-김소운 〈가난한 날의 행복〉

4) 분위기로 시작하는 서두

저녁을 먹고 나니 퍼득퍼득 눈발이 날린다. 갑자기 나가고 싶은 유혹에 눌린다. 목도리를 머리까지 눌러 쓰고 기어이 나서고야 말았다.

-노천명 〈설야산책〉

5) 인용구로 시작하는 서두

'사람은 생각하는 갈대'라는 말이 있다. 여기서 갈대라고 하는 것은 아마 약하다는 뜻을 나타낸 것이 아닌가 한다.

-이희승 〈독서와 인생〉 서두

6) 때와 장소 날씨 등

잡초 우거지고 값싼 나무들로 어수선한 나의 마당에 대나무 몇 그루가 있다.

-장덕순 〈대나무를 기르며〉

벌써 사십 년 전이다. 내가 세간 난지 얼마 안 되어 의정부에 내려가 살 때다.

-윤오영 〈방망이 깎던 노인〉

와오산에 첫눈이 왔다. 하늘에는 달이 있고 엷은 구름이 있다.

-이양하 〈조그만 기쁨〉

7) 인칭대명사로 시작하는 서두

어느 때부터인가 나는 메모에 집착하기 시작하여 오늘에 와서는 잠시라도 이 메모를 버리고 살 수 없는 실로 한 메모광이 되고 말았다.

-이하윤 〈메모광〉

8) 비유, 암시

나무는 덕을 지녔다. 나무는 주어진 분수에 만족할 줄 안다.

-이양하 〈나무〉

수필은 청자연적이다. 수필은 난이요 학이요 청초하고 몸맵시 날렵한 여인이다.

-피천득 〈수필〉

9) 은유와 낯설게 하기

죽은 듯이 고요한 속에서 짐승 같은 달의 숨소리가 손에 잡힐 듯 들리며 콩포기와 옥수수 잎새가 한층 달에 푸르게 젖었다. 산허리는 온통 메밀밭이어서 피기 시작한 꽃이 소금을 뿌린 듯이 흐뭇한 바람에 숨이 막힐 지경이다.

– 이효석 〈메밀꽃 필 무렵〉에서

오월은 금방 찬물로 세수를 한 스물 한 살 청신한 얼굴이다. 하얀 손가락에 끼어 있는 비취반지다.

오월은 앵두와 어린 딸기의 달이요 오월은 모란의 달이다. 그러나 오월은 무엇보다도 신록의 달이다. 전나무 바늘잎도 연한 살결같이 보드랍다

-피천득 〈오월〉에서

낙엽 타는 냄새 같이 좋은 것이 있을까. 가제 볶아낸 커피의 냄새가 난다. 잘 익은 개암 냄새가 난다. (중략)

나는 그 냄새를 한없이 사랑하면서 즐거운 생활감에 잠겨서는 새삼스럽게 생활의 제목을 진귀한 것으로 머릿속에 떠올린다. 음영陰影과 윤택潤澤과 색채色彩가 빈곤해지고 초록이 전혀 그 자취를 감추어 버린 꿈을 잃은 헌출한 뜰 복판에 서서 꿈의 껍질인 낙엽을 태우면서 오로지 생활의 상념에 잠기는 것이다. 가난한 벌거숭이의 뜰은 벌써 꿈을 매이기에는 적당하지 않은 탓일까.

화려한 초록의 기억은 참으로 멀리 까마득하게 사라져 버렸다. 벌써 추억에 잠기고 감상에 젖어서는 안 된다. 가을이다. 가을은 생활의 시절이다. 나는 화단의 뒷바라지를 깊게 파고 다 타버린 낙엽의 재를 – <u>죽어버린 꿈의 시체를</u> – 땅 속 깊이 파묻고 엄연한 생활의 자세로 돌아서지 않으면 안 된다.

– 이효석, 〈낙엽을 태우면서〉에서

① 낯설게 느껴지는 독창적인 보조관념(표현)은 우리가 일상적으로 접하는 사물이나 풍경을 새롭게 인식시킨다. 또한 독자의 상상력을 왕성하게 하고 섬세한 감각을 일깨운다. 그런 표현은 진부하고 상투적인 표현을 극복할 수 있는 한 수단으로의 표현방법이다.
② 밑줄 친 보조관념(낯선 표현)의 원관념을 찾아본다. 그리고 다음 문장을 보조관념으로 고쳐본다.

10) 결말

문장의 결말은 그 문장을 총괄하여 요약하는 끝내기 작업이다.
서두에서 암시한 글의 주제를 분위기나 여운으로 정리하면 더욱 좋은 글이 될 수 있다.

4. 소재와 제재

저서는 저자의 사상을 복제한 북제품

–하우어

주제가 정해지면 주제를 살리기 위한 이야깃거리가 있어야 한다.

문장의 내용을 이루는 이야깃거리를 소재, 제재자료라고 하는데 소재는 글 쓰는 사람 눈에 비친 모든 사물, 글이 될 수 있는 모든 것을 이르며 제재는 내가 쓰고자 하는 주제를 위하여 선택하는 소재를 제재라고 한다.

제재는 주제를 분명하고 효과적으로 나타내기 위하여 이야깃거리로 삼을 재료에 불과함으로 제재의 다라서는 글의 성패를 가름하게도 된다.

1) 올바른 제재를 갖추어야 할 요건은

　① 구체적이고 알기 쉬운 실화

　② 독자의 흥미를 글 수 있는 참신하고 정감이 가는 자료.

　③ 사고의 전환이나 발상의 전환으로 독자의 눈높이를 마출 것

　④ 유머와 풍유적인 것

　⑤ 내용이 분명하고 확신이 가는 것.

등을 갖추는 것이 좋다.

좋은 소재, 또는 제재를 선택하기 위해서는 사물을 관찰하고, 독서와 사색을 생활화하며 그때그때 메모하는 습관을 길러야 한다.

Ⅱ. 문장의 표현기법 – 수사법

자기의 생각이나 느낌을 효과적으로 전달하기 위한 표현 기교. 비유법, 강조법, 변화법 등이 있다.

1. 비유법

어떤 내용을 나타내고자 할 때, 나타내려고 하는 image(원관념)를 다른 image(보조관념)로써 보다 풍부하게 나타내려는 방법

1) 직유법(直喩法)
나타내고자 하는 원관념을 보조관념에 직접적으로 연결시킨 수사법
마치, 흡사, ~같이, 처럼, 양, ~듯 등의 연결어 사용

〈예〉 구름에 달 가듯이 가는 나그네

　　　비오듯 쏟아지는 눈물

　　　돌담에 속삭이는 햇살같이

2) 은유법(隱喩法)

‘A(원관념)는 B(보조관념)다’의 형태로 나타나는 기교

원관념은 나타내려고 하는 사물이고 보조관념은 비유가 되는 사물을 말한다.

　〈예〉 내 귀는 하나의 소라 껍데기　　어린 하느님

　　　호수는 커다란 비취　　　　　　물 담은 하늘

3) 풍유법(諷諭法)

나타내고자 하는 원관념(元觀念)을 문장 상에 직접 나타내지 않고 비유 되는 얘기. 속담, 격언 등으로써 본뜻을 짐작하여 알 수 있게 나타내는 기교다.

　〈예〉 하룻강아지 범 무서운 줄 모른다. 가마귀 싸우는 곳에 백로야 가지

　　　　　　　　　　　　　　　　　　　마라.

　　　송충이는 솔잎을 먹어야지.　　산에 가야 범을 잡는다.

4) 우화법(寓話法)

풍유법과 같이 원관념(元觀念)이 나타나지 않고, 보조관념(補助觀念) 만이 문장 전체를 채운다는 점이다. 그러나, 풍유는 반드시 동물이나

식물이 등장하지 않아도 된다. 사람이 주인공이 될 수도 있다.

5) 대유법(代喩法)

부분으로써 전체를 나타낸다든지, 그것의 특징으로써 그 자체를 나타
내는 방법이다. 제유법(提喩法)과 환유법(換喩法)이 있다.

- 제유법(提喩法) : 같은 종류의 사물 중에서 어느 한 부분으로써 전체
를 알 수 있게 나타내는 방법이다.

〈예〉 빼앗긴 들에도 봄은 오는가? ('들'은 강토)

약주(술)　　　빵(식량)　　　강태공(낚시꾼)

- 환유법(換喩法) : 표현하고자 하는 사물과 관계 있는 사물이나 그
특징으로써 나타내는 방법이다.

〈예〉 금수강산(대한민국)　　　바지저고리(시골 사람)　　　사각모자(대학생)

6) 의인법(擬人法)

인물에다 인격적(人格的) 요소를 부여하여 나타내는 방법이다. 활유법
(活喩法)과 함께 은유법(隱喩法)의 한 갈래이며, 이를 활유법(活喩法)에
포함시키기도 한다.

〈예〉 바다여, 날이 날마다 속삭이는 너의 수다스러운 이야기에 지쳐 해안
선의 바다는 베토벤처럼 귀가 멀었다.(신석정(辛夕汀) 〈바다에게 주
는 시(詩)〉에서)

7) 활유법(活喩法)

　　무생물에다 생물적 특성을 부여하여 나타낸 표현 방법으로서, 인격적 속성(人格的 屬性)을 부여하면 의인법(擬人法)이고, 단순히 생물적 속성(生物的 屬性)을 부여하면 활유법(活喩法)이다.

　　〈예〉 청산이 깃을 친다.

　　　　　대지가 꿈틀거리는 봄이 소리도 없이 다가오면……

8) 상징법(象徵法)

　　원관념(元觀念)은 겉으로 나타나지 않아 암시에 그치고 보조관념(補助觀念)만이 나타난 표현 기교다. 은유법과 비슷하지만 원관념(元觀念)이 직접 나타나지 않는다는 점에서 다르다. 그러나, 원관념(元觀念)이 나타나 있지 않아도 그 표현만으로써 쉽사리 원관념(元觀念)을 알 수 있다면 은유법이다.

　　〈예〉 백합(순결)　　비둘기(평화)　　　십자가(희생)

9) 의태법(擬態法)

　　사물의 상태와 동작을 시늉하여 나타낸 표현 기교.

　　〈예〉 흰 구름 오락가락하는 높은 하늘,

　　　　　하루해도 넘보듯이 건들건들

　　　　　아기가 방실방실 웃는다.

10) 의성법(擬聲法)

　　사물의 소리를 흉내내어 나타내어 나타내는 방법.

〈예〉 꾀꼬리는 꾀꼴꾀꼴   매미는 매암매암   귀뚜라미 귀뚤귀뚤

2. 강조법(强調法)

표현하려는 내용을 강하게, 뚜렷하게 나타내는 표현 기교로서, 독자에게 선명한 인상을 남기고자 하는 기교다. 어감(語感)에 감탄적 요소를 부여하거나, 의미를 점점 강조하거나, 의미를 대조적(對照的)으로 병립시켜 나가는 방법이다.

1) 과장법(誇張法)

사물의 수량. 성질. 상태나, 표현하려는 내용을 실제보다 더 높이거나 줄여서 나타내는 기교로서, 실제보다 더 크게 강하게 나타내는 것을 향대 과장(向大誇張)이라 하고, 더 작게 약하게 나타내는 것을 향소 과장(向小誇張)이라고 한다.

〈예〉 백의 천사(白衣天使)   인산 인해(人山人海)   쥐꼬리만한 봉투

2) 대조법(對照法)

반대되는 내용의 단어나 구절을 대립시켜 선명한 인상을 느끼도록 표현하는 방법이다. 다소(多少).장단(長短).광협(廣狹) 등의 반대되는 내용으로써 나타낸다. 단어나 구절의 대립뿐만이 아니라, 글 전체를 통하여 다른 두 가지의 내용을 대립시켜 논리를 전개하는 방법도 포함된다.

〈예〉 인생(人生)은 짧고, 예술(藝術)은 길다.

앉아서 주고 서서 받는다.

3) 반복법(反復法)

같은 말을 반복하여 뜻을 강조하는 방법이다.

〈예〉 가시리 가시리잇고, 바리고 가시리잇고.

산에는 꽃 피네 꽃이 피네. 갈 봄 여름 없이 꽃이 피네.

말 없는 청산(靑山)이요, 태 없는 유수(流水)로다. 값없는 청풍(淸風)

이요, 임자 없는 명월(明月)이라……

4) 점층법(漸層法)

말을 한 계단씩 끌어올려서 강하게, 크게, 깊게, 감흥을 고조(高調)시

켜 절정으로 이끌어 나가는 방법이다.

〈예〉 수신제가치국평천하(修身齊家治國平天下)

가족에, 사회에, 국가에 대한 의무가 있습니다

5) 점강법(漸降法)

점층법과 반대되는 수사법으로서 점점 작게, 약하게 나타내는 표현

기교다.

〈예〉 책보만한 해가 손바닥만 해졌다.

6) 열거법(列擧法)

표현하려는 내용과 연관성 있는 단어나 구절을 열거하여 강조하는 방법이다.

〈예〉 별 하나에 추억과 별 하나에 사랑과 별 하나에 쓸쓸함과 별 하나에 동경과 별 하나에 시와 별 하나에 어머니, 어머니,……

7) 미화법(美化法)

일반적인 사물을 미화(美化)시켜, 또는 추한 것을 아름답게, 성스럽게 나타내는 방법이다.

〈예〉 집 없는 천사(天使)(거지)   양상군자(도둑)
사색(思索)에 잠긴 모습, 부처님이런가.

8) 비교법(比較法)

두 가지의 사물이나 내용을 서로 비교하여 그 차이로써 어느 한 쪽을 강조하는 방법이다. 비교급 조사 '〜만큼, 〜보다' 등이 사용된다.

〈예〉 강낭콩꽃보다도 더 푸른 그 물결 위에 양귀비꽃보다도 더 붉은 그 마음 흘러라.(변영로(卞榮魯) 〈논개〉에서)
주인 색시를 생각하면 공중에 있는 달보다도 곱고, 별들보다도 더 깨끗하였다.

9) 설의법(設疑法)

의문문의 형식으로서, 내용상으로는 의문이 아니고 반어적(反語的)인 표현으로써 상대방을 납득시키는 방법이다. 필자 자신이 충분히 알고 있고, 결론을 내리도록 표현하는 기교다.

〈예〉 충무공(忠武公)의 난중 일기(亂中日記)를 도둑맞았다는 보도에,……
백 개의 서화 불상을 잃어버린들 이다지야 눈앞이 캄캄하겠느냐? 천
점의 고려자기를 도둑맞은들 이렇게야 가슴 아프겠느냐?

10) 연쇄법(連鎖法)

앞 구절의 끝을 다시 다음 구절의 첫째 말로 삼아서 연쇄적으로 이어가
는 기교다.

〈예〉 닭아 닭아 우지 마라, 네가 울면 날이 새고 날이 새면 나죽는다. 나
죽기는 섧지 않으나……(〈심청전(沈淸傳)〉에서)
비금강(金剛)이 무엇이뇨? 돌이요 물이로다. 돌이요 물이러니, 안개
요 구름일러라. 안개요 구름이어니, 있고 없고 하더라.

11) 영탄법(詠嘆法): 슬픔, 놀라움 등의 감정을 강조하여 나타내는 기교
다. 감탄사, 감탄조사, 감탄어미 등을 사용한다.

〈예〉 눈부신 햇살이 비치는 아침이여!
아! 바람 소리와 함께 부서지고 싶어라, 죽고 싶어라……
아, 신천지가 안전에 전개되도다.

3. 변화법(變化法)

변화법도 글의 내용을 강조하는 표현 기교이니, 강조법과 구분하는 절대적인 기준을 찾기는 힘들다. 변화법의 특징은 말이나 문장의 순서, 논리적인 순서를 변화시킨다든지 하여 단조롭고 지루한 느낌을 없애고 새로운 주의를 환기(換起)시키는 방법이다.

1) 도치법(倒置法)

문법상의 순서를 바꾸어서 내용을 두드러지게 나타내는 기교.

<예> 가거라, 집에

별똥이 진다. 긴 고리를 남기며.

2) 인용법(引用法)

속담이나 격언, 다른 사람의 말을 인용(引用)하여 글의 내용을 풍부하게 하며, 논지(論旨)의 타당성을 뒷받침하는 기교로서, 인유법(引喩法)이라고도 한다.

<예> 공자(孔子)도 "나는 말이 없고자 한다.(余欲無言)" 라고 하였다. 대자연(大自然)은 그대로 말 없는 스승인 것이다.

남아수독오거서(男兒須讀五車書)는 다독주의(多讀主義)에서 나온 말이다.

3) 대구법(對句法)

비슷한 가락을 병립시켜 대립의 흥미를 일으키는 기교다. 대조법(對照法)은 반대 내용을 대립시키는 것이고, 대구(對句)는 비슷한 가락의 문장을 대립시킨다. 한시(漢詩)의 대구(絶句), 배율(排律)은 모두 이 대구법(對句法)이다.

〈예〉 창원에 풀 푸르고, 지상에 고기 뛴다.

　　콩 심은 대 콩나고, 팥 심은 데 팥 난다.

4) 생략법(省略法)

글의 간결성, 압축성이나 여운을 남기기 위해, 어구(語句)를 생략하여, 그 생략된 부분은 독자의 판단이나 추측에 맡기는 기교다.

〈예〉 왔다, 보았다, 이겼다.

　　꽃이 진다. 하나, 둘……

5) 돈호법(頓呼法)

글의 중간에서 사람이나 사물의 이름을 불러 독자의 주의(注意)를 환기시키는 방법이다. 편지글 가운데서 이름을 부르거나, 연설문(演說文) 등에서 주의(注意)를 집중시키기 위해 '여러분!'하고 부르거나, 한문(漢文) 등에서 대상을 의인화(擬人化)시켜 부르는 방법이다.

〈예〉 산아, 우뚝 솟은 푸른 산아, 철철철 흐르듯 짙푸른 산아!

（박두진(朴斗鎭) 〈청산유(靑山遊)〉에서）

6) 반어법(反語法)

겉으로 표현한 의미와 속으로 숨어 있는 의미를 서로 반대되게 나타내는 방법이다. 겉으로는 칭찬하는 척하지만 실은 꾸짖고, 겉으로는 꾸짖는 척하면서 내용적으로는 칭찬하는 방법으로서, '아이러니(Irony)'라고 한다.

　　〈예〉 예뻐 죽겠네.(밉다.)　　얄밉다.(귀엽다)

　　　　밀수로 벼락부자가 된 위대한 교육자에게 자녀를 맡기면 훌륭한 인물(人物)이 될 것이다.

7) 역설법(逆說法)

표현된 말 자체는 진리에 어긋난 것처럼 보이나 그 속에 진리를 포함하고 있도록 나타낸 방법이다.

　　〈예〉 아는 것이 병이다.(식자우환(識字憂患))

　　　　나보기가 역겨워 가실 때에는 죽어도 아니 눈물을 흘리오리다.

　　　　현재의 시간과 과거의 시간은, 모두 틀림없이 미래의 시간 속에 존재하고 미래의 간은 과거의 사간 속에 존재하고 있다.

4. 품사와 문장성분

1) 품사

품사란, 공통된 성질을 지닌 단어끼리 모아 놓은 단어의 갈래를 말한다. 품사는 기능에 따라 체언, 관계언, 용언, 수식언, 독립언으로 나누고,

의미에 따라, 명사, 대명사, 수사, 조사, 동사, 형용사, 관형사, 부사,
감탄사의 9품사로 나누게 된다.

① **체언** : 문장에서 주로 주체의 기능을 하는 낱말로 <u>명사, 대명사,
  수사</u>가 있다.
- 명사 : 사물이나 사람의 이름을 나타내는 낱말
  〈예〉 산, 강, 호랑이, 개, 영희(사람 이름), 송이, 포기(물건을 세는 단위)
       등
- 대명사 : 사물이나 사람, 장소 등의 이름을 대신하여 가리키는 낱말
  〈예〉 이것, 저것, 그것, 나, 너, 우리, 저기, 거기 등
- 수사 : 수량이나 순서를 가리키는 단어
  〈예〉 하나, 둘, 첫째, 둘째, 제1, 제2, 등

② **관계언** : 다른 낱말의 뒤에 붙어서 그 말과 다른 말과의 관계를
  나타내는 낱말로 <u>조사</u> 하나뿐이다.
- 조사 : 주로 체언 뒤에 붙어서, 문장에서 체언이 하고 있는 구실을
         나타냄으로써 문장의 의미가 잘 드러나도록 해 주는 낱말
  〈예〉 -가, 은(는) -에게, -을, -부터, -와 등

③ **용언** : 문장에서 주어를 서술하는 기능을 하는 낱말로 <u>동사, 형용사</u>
         가 있다.
- 동사 : 사물이나 사람의 움직임을 나타내는 낱말

〈예〉 보다, 가다, 잡다, 먹다 등

- 형용사 : 사물이나 사람의 상태나 성질을 나타내는 낱말

〈예〉 예쁘다, 높다, 크다 등

④ 수식언 : 문장에서 다른 말을 꾸며 주는 구실을 하는 낱말로 관형사
　　　　　 와 부사.

- 관형사 :　체언을 꾸며 주는 구실을 하는 낱말

〈예〉 이, 그, 저, 헌, 새, 한, 두 등

- 부사 : 주로 용언을 꾸며 주는 구실을 하는 낱말

〈예〉 아주, 매우, 갑자기, 꼭 등

⑤ 독립언 : 문장에서 다른 문장 성분에 얽매이지 않고 독립성을 가지
　　　　　 는 낱말로 감탄사 하나뿐이다.

- 감탄사 : 말하는 사람의 놀람, 느낌, 부름이나 대답을 나타내는 낱말

〈예〉 어머나, 오냐, 여보게, 네 등

2) 문장의 성분

[주성분]

① 주어 : 문장의 주체가 되는 성분으로, 문장에서 '누가', '무엇이'에
　　　　 해당하는 말

〈예〉 ·꽃이 핀다.　 ·철수가 노래를 부른다.

② 서술어 : 주어의 동작, 작용, 상태 등을 설명하는 성분으로, 문장에

서 '어찌하다', '어떠하다', '무엇이다'에 해당하는 말

〈예〉 · 꽃이 핀다.　　· 날씨가 <u>따뜻하다.</u>　　· 나는 <u>수필가이다.</u>

　　※ 서술격 조사 --이다는 용언처럼 활용한다.

③ 목적어 : 서술어의 동작이나 대상이 되는 성분으로, 문장에서 '무엇

　　　　을'에 해당하는 말

〈예〉 · 철수가 <u>노래를</u> 부른다.　　· 동생이 <u>책을</u> 읽는다.

④ 보어 : 불완전한 서술어를 보충해 주는 성분으로, 문장에서 '되다',

　　　　'아니다' 앞에　오는 '누가', '무엇이'에 해당하는 말

〈예〉 · 경수가 <u>반장이</u> 되다. (되었다 앞에 오는 말)

　　　· 그는 <u>선생님이</u> 아니다. (아니다 앞에 오는 말)

[부속 성분]

⑤ 관형어 : 체언을 꾸며서 그 의미를 한정해 주는 성분으로, 문장에서

　　　　　'어떠한', '무엇의'에 해당하는 말

〈예〉 · <u>새</u> 구두가 예쁘다. · <u>누나의</u> 책을 빌렸다.

⑥ 부사어 : 주로 용언이나 다른 부사어를 꾸미는 성분으로, 문장에서

　　　　　'어떻게', '어찌'에 해당하는 말

〈예〉 · 꽃이 <u>매우</u> 예쁘다. · 아기가 <u>잘</u> 논다.

[독립 성분]

⑦ **독립어** : 다른 성분과 관계 없이 독립적으로 쓰이는 성분으로, 문장
　　　　　　에서 부르는 말, 대답하는 말, 느낌의 말에 해당하는 말

〈예〉· <u>영희야</u>, 창문을 닫아라. (부르는 말)

　　· <u>네</u>, 알았어요. (대답하는 말)

　　· <u>어머나</u>, 꽃이 예쁘네. (느낌의 말)

Ⅲ. 문장 다듬기(퇴고)

퇴고는 글을 쓰고 난 후 완성된 글이 되었다고 필을 놓게 될 때 쓴 글을 다시 읽어보고 다듬는 일을 말한다.

쓰기 전에 구상을 충분히 하여 쓴 글이지만, 쓰는 도중에 생각을 달리 하는 경우도 있고 표현이 부적절한 경우도 있다.

주제, 자료, 서술 등 적절하지 못한 곳이 있으면 고쳐야 한다

불필요하거나 부적절하다고 생각되는 곳은 삭제하고, 빠뜨린 부분은 첨가하고, 효과적인 글의 흐름을 위하여 글을 재구성하기도 하고, 표현이 적절한가도 살펴야 한다.

1. 문장을 다듬는 요령

1) 주제에 대해서

① 주제 선택은 적절한가?

② 주제는 명확한가?

③ 주제가 논리적으로 일관성이 있는가?

2) 자료(재제)에 대하여

① 자료는 충분히 모았다고 보는가?

② 확실한 자료만을 모았는가?

③ 자료는 주제를 잘 뒷받침하고 있는가?

3) 구성에 대하여

① 문장 속에서 문단은 적절히 나누어져 있는가?

② 문장의 전개(연결 관계)는 논리적인가?

③ 글 첫머리와 끝맺음은 잘 조응하고 있는가?

4) 문장 문맥에 대하여

① 주어와 서술어는 바르게 쓰여 있는가?

② 수식어와 용법은 잘 맞는가?

③ 조사의 용법은 적절한가?

④ 지시어와 접속어의 용법은 적절한가?

⑤ 문장이 너무 길지는 않은지?

⑥ 구두점의 사용은 적절한지.

5) 용어에 대하여

① 잘못된 어구, 애매한 어구는 없는지.

② 어구의 부족한 곳, 불필요한 곳은 없는지.

③ 구름을 잡는 듯한 막연한 어구는 없는지.

④ 비유법의 사용은 적절한지.

⑤ 경어체와 보통체가 뒤섞여 있는 곳은 없는지?

2. 원고지 쓰는 법

1) 원고지에 글을 쓰는 것은

① 글의 길이와 분량을 확인할 수 있다.

② 글을 원고지에 쓰면 띄어쓰기, 맞춤법 등을 한눈에 알 수 있고 틀린
  글을 고치기가 쉽다.

③ 제목은 둘째 줄 가운데

④넷째 줄 이름, 이름 뒤에는 두 칸을 남김

⑤ 본문은 여섯째 줄부터 처음 시작은 한 칸을 비우고.

⑥ ! ? "" . 등은 1칸 차지

⑦ 대화체 끝부분은 . 과 "는 한 칸에 ."

⑧ ?와 ”는 두 칸에 　?　”

⑨ 말없음표 두 칸에 　…　…

2) 글다듬기 및 교정부호

• 빠진 말 넣기 　어머가 오셨다.

• 이음표 　　　어 머니가 오셨다.

• 띄움표 　　　어머니가오셨다.

• 줄 바꿈표 친구야, 보고 싶다. 너를 보내고

• 순서 바꾸기 　어머니가 오다셨

• 글자 빼기 　　어어머니가

• 뒤로 밀기 　　어머니가

• 앞으로 당기기 어머니가

제 3 장

수필쓰기의 실제

Ⅰ. 수필 隨筆, essay

1. 수필의 어원

① 중국 남송시대 홍매(洪邁, 1123~1202)의 〈용재수필(容齋隨筆)〉 서문에
서 수필이라는 단어를 처음 사용하였다.

나는 게으른 버릇으로 책을 많이 읽지는 못하였으나 그때그때 뜻한 바
있으면 앞뒤의 차례를 가려 챙길 것도 없이 바로 바로 메모하여 놓은 것이기
때문에 수필이라고 일컫게 되었다.

豫習懶 讀書不多 意之所之 隨卽記錄 因其後先 無復詮次 故目曰 隨筆

② 박지원(朴趾源, 1737~1805)의 ≪열하일기(熱河日記)≫ 중 〈일신수필(馹
迅隨筆)〉이 처음이다.

③ 프랑스의 몽테뉴(1533~ 1592)의 ≪수상록Les Essais≫에 붙여
   처음 사용하였다.

2. 수필의 정의

① 알베레스 R.M.Alberes(현대 프랑스 문학 평론가) : 수필 그 자체는 지성
   을 바탕으로 한 정서적 신비적 이미지의 문학.
② 하버드 리드 H.E.Read(영국작가) : 우리가 일상 가지고 있는 언어에
   의하여 이루어지는 산문.
③ 존슨 : 자유로운 마음의 산책, 불규칙하고 소화되지 않은 작품.
④ M.리드 : 수필은 마음속에 표현되지 않은 채 숨어 있는 관념, 기분,
   정서를 표현하는 하나의 시도.
⑤ 수필은 산문문학
⑥ 수필은 무형식의 문학
⑦ 수필은 개성의 문학
⑧ 수필은 비평정신의 문학
⑨ 수필은 재제가 다양한 문학
⑩ 수필은 심미적, 철학적 가치의 문학
⑪ 수필은 고백의 문학

3. 수필의 특징

① George Crabbe(1754~1832) : 수필은 가장 인기 있는 저작 양식이다
―그것은 자기가 탐구할 것을 계속 추구할 재능도 없고, 욕망도
없는 작가에게 알맞다. 그리고 변화와 천박에 만족하는 독자들의
관용과 어울린다.

② Sainte Beuve(1804~ 1869): 수필은 압축력을 가졌기 때문에 적은
지면에 많은 것을 저축하기 때문에 가장 어렵고도 즐거운 문학 표현
양식― 훌륭한 수필은 간결성, 압축성을 특징으로 하며, 수필가는
자기가 취급하는 제재를 충분히 파악해야 성공할 수 있다.

Ⅱ. 수필쓰기

1. 수필쓰기의 기초

우리의 생각과 느낌을 표현하고 전달하는 수단 가운데 가장 효과적인 것이 말하기와 글쓰기다. 그 중 글쓰기는 표현하고자 하는 것을 언어라는 개념적 도구로만 기술하는 것이어서 지극히 어려운 지적인 활동이다.

그런 어려운 활동을 효과적으로 할 수 있기 위해서는 남이 쓴 좋은 글을 많이 읽고, 많이 생각하고, 내가 많이 써보는 것이다.

많이 읽으면 첫째 어휘력이 늘고, 둘째 간접경험으로 해박한 지식을 습득할 수 있고, 사물을 보는 눈이 날카롭고 이해의 폭이 넓어진다.

많이 쓰기에서, 글을 많이 써보면 쓰는 수련이 쌓여 문장이 다듬어지고, 표현력이 늘고, 인내력이 길러지고, 글을 보는 안목이 높아진다.

많이 생각한다는 것은, 깊이 사색하면 풍부한 사상과 정서와 인생관을 지니게 되고, 주제의식이 학고해지고 세상을 바라보는 안목이 높아지고 주관이 뚜렷해진다. 그러므로 좋은 글을 쓰기 위해서는 많이 읽고, 많이 생각하고, 많이 써보아야 하고, 그런 노력을 지닌 사람은 좋은 글을 쓸 수 있을 것이다.

2. 수필쓰기 수련

글을 쓰기 전에 남이 써 놓은 글을 읽고 주제를 파악하는 능력을 기른 후 주제가 담긴 글을 쓰는 연습을 거쳐 자신의 글을 쓰는 과정을 밟는 것이 가장 쉬운 공부다.

내가 글을 쓸 때에는 글의 부분을 이루는 낱말선택, 문장과 문장의 구성, 표현방법의 선택 등 그런 것들을 모아 작성하는 것이 글쓰기다.

그러므로 글쓰기는 무엇보다 먼저 주제설정, 소재선택, 구성방법, 집필, 퇴고 등이 이루어져야 한다.

① 한 편의 글에는 하나의 중심생각(주제)이 들어 있어야 한다.

② 주제문에 따라 글의 개요를 작성한다.

③ 제목, 소재, 주제의 관계가 일관성 있게 통일된 글쓰기를 해야 한다.

④ 문법적으로 정확한 문장을 쓰고, 맞춤법에 맞게 표기한다.

⑤ 전달구조에 맞는 단어, 문장구조를 선택한다.

⑥ 산문의 진술방법에는 설명, 논증, 묘사, 서사 등이 있고 거기에
　　맞게 글을 쓴다.

⑦ 여러 가지 표현법을 사용하여 전달하고자 하는 내용을 효과적으로
  표현한다.
⑧ 완성된 글은 퇴고한다.

3. 서두와 결말

1) 서두

　서두는 글의 첫머리로, 글쓰기에서 가장 중요한 부분이다. 앞으로
어떤 내용으로 글을 써 나갈 것인가를 암시하고 읽는 이들에게 흥미를
가지게 하는 부분이다. 서두는 글의 성격에 따라 다르게 시작될 수 있으
나 대체적으로 본 이야기에 들어가기 전에 관련되는 화제를 먼저 말하고
다음에 서두에 핵심인 본 이야기를 펼쳐 나간다. 시작이 반이라는 말이
있지만 글쓰기에 있어 시작이 전부라 해도 과언이 아니다. 시작만 되면
시간이 허락하는 한 써나가게 된다. 안톤 체홉은 대부분의 작가가 소설에
서 실패하는 것은 서두와 결말에 기인된다고 했다.

① 표제와 연관된 서두

　나무는 덕을 지녔다. 나무는 주어진 분수에 만족할 줄 안다. 나무는 태어
난 것을 탓하지 아니하고 왜 여기 놓이고 저기 놓이지 않았는가를 말하지
아니한다.

- 이양하 「나무」의 서두

보리, 너는 차가운 당 속에서 온 겨울을 자라왔다.

- 한흑구 「보리」의 서두

② 중심사상을 압축한 서두

먹을 만큼 살게 되면 지난날의 가난을 잊어버리는 것이 인지상정인가보
다. 가난은 결코 환영할 것은 못되나 빨리 잊을수록 좋은 것인지도 모른다.

- 김소운 「가난한 날의 행복」의 서두

③ 분위기로 시작하는 서두

저녁을 먹고 나니 퍼득퍼득 눈발이 날린다. 갑자기 나가고 싶은 유혹에
눌린다. 목도리를 머리까지 눌러 쓰고 기어이 나서고야 말았다.

- 노천명 「설야산책」의 서두

④ 인용구로 시작하는 서두

'사람은 생각하는 갈대'라는 말이 있다. 여기서 갈대라고 하는 것은 아마
약하다는 뜻을 나타낸 것이 아닌가 한다.

- 이희승 「독서와 인생」의 서두

⑤ 때와 장소 날씨 등

벌써 사십 년 전이다. 내가 세간 난 지 얼마 안 되어 의정부에 내려가 살
때다.

- 윤오영 「방망이 깎던 노인」의 서두

와우산에 첫눈이 왔다. 하늘에는 달이 있고 엷은 구름이 있다.

- 이양하 「조그만 기쁨」의 서두

⑥ 인칭대명사로 시작하는 서두

어느 때부터인가 나는 메모에 집착하기 시작하여 오늘에 와서는 잠시라도 이 메모를 버리고 살 수 없는 실로 한 메모광이 되고 말았다.

- 이하윤 「메모광」

⑦ 비유, 암시 등

나무는 덕을 지녔다. 나무는 주어진 분수에 만족할 줄 안다.

- 이양하 「나무」

수필은 청자연적이다. 수필은 난이요 학이요 청초하고 몸맵시 날렵한 여인이다.

- 피천득 「수필」

2) 결말

문장의 결말은 그 문장을 총괄하여 요약하는 끝내기 작업이다. 서두에서 암시한 글의 주제를 분위기나 여운으로 정리하면 더욱 좋은 글이 될 수 있다.

봄   - 피천득

"인생은 빈 술잔. 주단 깔지 않은 층계. 사월은 천치와 같이 중얼거리고 꽃 뿌리며 온다"

이러한 시를 쓴 시인이 있다.

"사월은 가장 잔인한 달"

이렇게 읊은 시인도 있다. 이들은 사치스런 사람들이다 나같이 범속한 사람은 봄을 기다린다.

봄이 오면 무겁고 두꺼운 옷을 벗어 버리는 것만 해도 몸과 마음이 가벼워진다. 주름살 잡힌 얼굴이 따스한 햇빛 속에 미소를 띠우고 하늘을 바라다보면 날아 갈 수 있을 것만 같다. 봄이 올 때면 젊음이 다시 오는 것 같다.

나는 음악을 들을 때 그림이나 조각을 들여다 볼 때 잃어버린 젊음을 안개 속에 속에 잠깐 만나는 일이 있다. 문학을 업으로 하는 나의 기쁨의 하나는 글을 통하여 먼 발자취라도 젊음을 바라볼 수 있다는 것이다. 그러나 무엇보다 젊음을 다시 가져 보게 하는 것은 봄이다.

잃었던 젊음을 잠깐이라도 만나 본다는 것은 헤어졌던 애인을 만나는 것보다 기쁜 일이다. 헤어진 애인이 뚱뚱해졌거나 말라 바스러졌거나 둘 중이요 남자라면 낡은 털 자켓같이 축 늘어졌거나 그렇지 않으면 얼굴이 시뻘게지고, 눈빛이 혼탁해졌을 것이다. 젊음은 언제나 한결같이 아름답다 지나간 날의 애인에게서는 환멸을 느껴도 누구나 잃어버린 젊음에게서는 안타까운

미련을 갖는다.

나이를 먹으면 젊었을 때의 초조와 번뇌를 해탈하고 마음이 가라앉는다고 한다. 이 '마음의 안정'이라는 것은 무기력으로부터 오는 모든 사물에 대한 무관심을 말하는 것이다. 무디어진 지성과 둔해진 감수성에 대한 슬픈 위안의 말이다. 늙으며 플라톤도 허수아비가 되는 것이다. 아무리 높은 지혜도 젊음만은 못하다.

'인생은 40부터'라는 말은 인생은 40까지 라는 말이다. 다른 것은 몰라도 내가 읽은 소설의 주인공들은 93%가 사십 미만의 인물들이다. 그러니 사십부터는 여생인가 한다. 40년이라면 인생은 짧다. 그러나 생각을 다시하면 그리 짧은 편도 아니다.

"나비 앞장세우고 봄이 봄이 와요" 하고 부르는 아이들의 나비는 작년에 왔던 나비는 아니다. 강남 갔던 제비가 다시 돌아온다지만 그 제비는 몇 놈이나 다시 올 수 있을까?

키츠가 들은 나이팅게일은 4천 년 전 루스가 이역 강냉이 밭 속에서 눈물 흘리며 듣던 새는 아니다. 그가 젊었기 때문에 불사조라는 화려한 말을 써 본 것이다. 나비나 나이팅게일의 생명보다는 인생은 몇 갑절이 길다.

민들레나 바이올렛이 피고 진달래 개나리가 피고 복숭아꽃 살구꽃 그리고 라일락 사향장미가 연달아 피는 봄. 이러한 봄을 40번이나 누린다는 것은 적은 축복은 아니다. 더구나 봄이 40이 넘은 사람에게도 온다는 것은 참으로 다행한 것이다.

녹슬은 심장도 피가 용솟음치는 것을 느끼게 된다. 물건을 못 사는 사람에게도 찬란한 쇼윈도는 기쁨을 주나니, 나는 비록 청춘을 잃어버렸다 하여도 비잔틴 왕궁에 유폐되어 있는 금으로 만든 새를 부러워하지는 않는다. 아아 봄이 오고 있다. 순간마다 가까워 오는 봄!

'범속한 사람들은 봄을 기다린다. 봄은 젊음을 가져다주기 때문이다. 늙어서 봄을 나이만큼 누린다는 건 확실히 커다란 축복이다. 이 순간 봄이 가까이 옴을 느낀다. '라는 내용의 이 수필에서 다음과 같은 결론으로 봄을 기다리는 마음을 마무리 짓고 있다. 그 중에서도 마지막 한 줄이 전체의 의미를 압축하고 있다.

녹슨 심장도 피가 용솟음치는 것을 느끼게 된다. 물건을 못 사는 사람에게도 찬란한 쇼윈도는 기쁨을 주나니, 나는 비록 청춘을 잃어버렸다 하여도 비잔틴 왕궁에 유폐되어 있는 금으로 만든 새를 부러워하지는 않는다.
<u>아아 봄이 오고 있다. 순간마다 가까워 오는 봄!</u>

4. 수필의 기본요소

1) 주제(主題)

한 편의 수필을 쓸 때 우선 무엇을 쓸 것인가를 생각하게 된다. 이

'무엇'에 해당하는 것이 주제다.

주제는 문장의 심장이다. 필자가 나타내고자 하는 중심 사상이기도 하다. 주제가 분명하지 않으면 필자가 무엇을 말하려고 하는지 이해하기 어려운 경우가 있다.

문장은 주제를 구체적인 자료에 의하여 독자에게 전달하는 방법이고, 표현은 그 쓰는 문장을 보다 잘 들어내기 위한 글쓰기의 형식이다.

문장을 이루는 두 가지 기둥은 주제와 소재라고 말 할 수 있다.

주제는 쓰고자 하는 글의 담기는 사상이며 내용이라면 소재는 그 주제를 담아내는 그릇으로 내용을 효과적으로 이끄는 형식이다.

① 주제 고르기

ⅰ) 자기능력에 맞는 주제를 고른다 : '인생이란 무엇인가' '행복이란' '사랑이란' 등의 주제는 너무 크고 어려워서 실감나게 쓰기가 어렵다.

자기가 잘 아는 일, 자기 체험 속에서 무르익은 것, 자신의 생각이 중심이 되고, 자신이 잘 아는 것을 고르는 것이 바람직하다.

ⅱ) 단순하고 명확하고 통일된 주제 고르기 : 막연하거나 광범한 주제는 피한다. 내용이 일관성이 있고, 단순하고 무엇을 쓰려는지 독자들이 분명하게 이해하는 것으로 주제를 삼는다.

ⅲ) 독자에게 관심과 흥미를 줄 수 있는 주제 고르기 : 되도록 새롭고 의도가 뚜렷한 주제, 현실 감각에 맞고 참신하고 공감할 수 있는 것을 고른다.

ⅳ) 가치 있다고 생각되는, 의미가 담긴 것을 고른다.

② 주제가 될 수 있는 문제 찾기

ⅰ) 선입견이나 주관적인 편견을 가지면 안 된다.

ⅱ) 누구나 다 아는 사실이면서 관심에 두지 않는 문제를 찾는다.

ⅲ) 감각적 지각에서 이성적 인식으로

2) 소재(素材)와 제재(題材)

주제가 정해지면 주제를 살리기 위한 이야깃거리가 있어야 한다.
문장의 내용을 이루는 이야깃거리를 소재, 제재자료라고 하는데 소재
는 글 쓰는 사람 눈에 비친 모든 사물, 글이 될 수 있는 모든 것을 이르며
제재는 내가 쓰고자 하는 주제를 위하여 선택하는 소재를 제재라고 한다.
제재는 주제를 분명하고 효과적으로 나타내기 위하여 이야깃거리로
삼을 재료에 불과함으로 제재의 따라서는 글의 성패를 가름하게도 된다.

※ 올바른 제재를 갖추어야 할 요건은

① 반드시 주제를 뒷받침 하는 것이어야 한다.

② 작가나 독자 모두에게 관심과 흥미를 느낄 수 있도록 참신해야 한다.

③ 사고의 전환이나 발상의 전환으로 독자의 눈높이를 맞출 것

④ 내용이 진실하고 분명하여 확신이 가는 것.

⑤ 구체적이고 알기 쉬운 자료 등을 갖추는 것이 좋다.

좋은 소재, 또는 제재를 선택하기 위해서는 사물을 관찰하고, 독서와 사색을 생활화하며 그때그때 메모하는 습관을 길러야 한다.

3) 구성(構成)

글을 쓰기 위해서 여러 가지 내용을 알맞게 배치하는 일즉 글의 통일적 맥락을 부여하는 일로, 통일성과 문장 간에 연관성이 있어야 한다.

① 구성방식
 ⅰ) 시간적 구성: 시간의 흐름에 따라 문단을 배열하여 글을 구성하는
    방식

　6·25사변이 일어난 이듬해 3월에, 서울은 다시 수복되었다. 내가 군용기 편에 겨우 자리 하나를 얻어 단신(單身) 서울에 들어온 것은, 비바람 음산한 3월 29일 저녁 때, 기약할 수 없는 스산한 마음을 안고 서울을 떠난 지 꼭 넉 달이 되어서였다. 나는 그 날, 멀리 으르렁거리는 포성을 들으며, 그 칠흑 같은 서울의 밤을 어느 낯모르는 민가에서 지새웠다.
　다음 날은, 전쟁의 불길 속에 두고 간 우리 박물관의 피해를 조사하느라 여념이 없었다. 그리고 그 다음 날, 조사 보고서를 써서 군용기편으로 부산에 부치고 나니, 겨우 마음의 여유가 생겨, 경복궁 뒤뜰에 있는 우리 집을 찾아 가기로 했다.

- 최순우 「바둑이」 중에서

ii) 공간적 구성 : 사물의 모습이나 장소의 변화에 따라 문단을 배열하
　　여 구성하는 방식, 사물을 묘사할 때 많이 쓰인다.

　　두 볼이 야윌 대로 야위어서 담배 모금이나 세차게 빨 때에는 양 볼의 가죽
이 입안에서 서로 맞닿을 지경이요, 콧날은 날카롭게 오똑 서서 괴와 이지만
이 내발릴 대로 발려 있고, 사철 없이 말간 콧물이 방울방울 떨어진다. 그래
도 두 눈은 개개풀리지 않고 영채가 돌아서 무력이라든지 낙심의 빛을 나타
내지 않고 있다. …
　　이러한 화상이 꿰맬 대로 꿰맨 헌 망건을 도토리같이 눌러 쓰고, 대우가
조글조글한 헌 갓을 좀 뒤로 잦혀 쓰는 것이 버릇이다.

- 이희승 「딸깍발이」 중에서

iii) 인과적 구성 :　원인과 결과에 다라 문단을 배열하여 글을 구성하는
　　　방식

　　글이란, 체험과 사색의 기록이어야 한다. 그리고 체험과 사색에는 시간이
필요하다. 만약, 글은 읽을 만한 것이 되어야 한다고 믿는다면, 체험하고
사색할 시간의 여유를 가지도록 하라. 암탉의 배를 가르고, 생기다 만 알을
꺼내는 것은 어리석은 일이다. 따라서 한동안 붓두껍을 덮어 두는 것이 때로
는 극히 필요하다. 하고 싶은 말이 안으로부터 넘쳐흐를 때, 그 때에 비로소
붓을 들어야 한다.

- 김태길 「글을 쓴다는 것」에서

4) 제목 달기

우리 속담에 '촌사람 아기 낳기보다 이름 짓기 어렵다.'는 말이 있다. 그것처럼 작품에 제목달기도 어렵다. 그리고 제목을 잘 달아야 작품이 살아난다.

제목은 내용의 압축, 주제의 상징적 비유적 표현, 주제의 직설적인 표현 등을 생각해서 붙이게 된다. 또한 제목이 주제를 표현하기도 하고, 작가의 사상, 추상적인 개념, 보편성, 상징 비유 등으로 표현할 수 있다.

제목이 십자가, 창세기, 뱀, 사과 에덴동산 등이면 기독교적인 이야기, 연꽃 을 쓰면 불교적인 이야기 같이 생각이 되고, 감자, 옥수수 등은 농촌 이야기, 솟대, 장승은 우리 전통의 민속 등을 떠올리게 된다.

좋지 않은 제목은 내용을 담아내지 못하는 내용과 전혀 상관없는 제목, 특징을 보여줄 수 없는 제목, 모호하고 불분명한 제목, 장황한 제목 등을 들 수 있다.

5. 수필쓰기의 진술방법

1) 묘사

① 사물에서 받은 인상을 감각적으로 표현해 내는 글쓰기

그런 글쓰기는 읽는 이로 하여금 글쓴이가 전달하려는 것이 눈앞에 펼쳐진 대상을 직접 체험하고 있는 듯한 인상을 받거나 글쓴이의 체험을 상상력으로 느껴볼 수 있도록 그려내는 글쓰기다.

묘사에서 가장 중요한 것은 묘사하려는 대상을 어떤 방식으로 인상 깊게 나타내느냐 하는 점이다. 인상 깊게는 자신의 상상의 세계를 독자의 정서에 어떻게 재생시킬 수 있느냐에 있다.

묘사는 서술방식에 따라 주관적 묘사와 객관적 묘사로 나눠볼 수 있다. 주관적 묘사는 자신의 주관적 느낌이나 판단에 따라서 자신의 내면세계를 통하여 일어나는 정서를 담아내는 마음의 그림이다.

돌과 흙과 쇠 같은 따위들은 그 깸 없는 깊은 잠에 주검처럼 굳어진 자들이라 지인달사
                                              - 김동리

객관적 묘사는 주관적 정적 기능을 무시하고 사실을 사실대로 바라보는 묘사방식이다. 대상에 대한 정확한 인식이 따른다.

2) 서사

① 어떤 구체적인 사건을 전개과정에 따라 기록하는 글쓰기

서사에서는 사건의 내용이 전개되는 시간적 과정을 한 흐름으로 쓴다. 사건의 직접적이 내용만이 아니라 그것이 생겨나게 된 원인과 전개되어 나가는 경과까지도 문제 삼기 때문에 시간적 흐름의 완결성이 중요하다.

흔히 신문기사에서 말하는 6하 원칙에 해당되는 누가, 언제, 어디서, 무엇을, 어떻게, 왜 했나의 요건이 충족될 때 완전한 서사가 될 수 있다. 문학작품에서도 사건의 전개과정을 시간과 공간을 배경으로 서술하는 것이 중심이 된다.

　　미술관 현관까지는 아직 한 시간도 더 넘게 줄을 서야 한다고 관람객들은 수군거렸다. 줄은 오르막길을 기어오르다 오솔길을 굽이굽이 돌아 작은 숲 속으로 들어섰다. 무척 지루했다. 하지만 선택의 여지가 없었다. 포기하고 돌아서기엔 늦었다. 뒤에 길게 늘어선 줄이 내게 그렇게 말하고 있었다.

- 박경주 「버려진 화분」 중에서

　　어린 시절에 가장 힘들었던 일은 여름철 뙤약볕에서 풀 베는 일이었다. 풀을 베어 퇴비도 만들고 땔 나무로도 사용했는데 풀을 벨 때 풀잎에 팔다리를 긁힌 자리가 풀독으로 피부가 벌겋게 부풀어 올라 스리고 아팠다. 밤이 되면 진물이 나고 가려워서 밤잠을 설치기도 했다. 풀독뿐만 아니라 잘 먹지 못해 영양부족으로 얼굴에 버짐이 피고 등이나 머리에는 종기나 부스럼이 나서 고생하는 아이들이 많았다.

- 김상환 「내 고향 여름」 중에서

3) 설명

① 독자가 글의 내용을 쉽게 이해하도록 설명하는 글

　　'무엇인가?' '어떠한가?'라는 질문에 대답을 주는 형식이다. 비교, 대조, 실례, 분류, 정의, 분석 등을 통하여 주제를 밝히는 형식

　　모든 학문은 그것을 처음 소개할 때는 어원적으로 접근한다. 그래서 철학을 소개하려는 이 마당에서도 철학이란 말을 어원적으로 접근하는 길을 택하기로 한다. 철학이란 말은 그리스어로 'philosophia'이다. 여기서 'philo'는 사랑한다, 좋아한다는 말이고, 'sophia'는 지혜나 지식을 뜻한다. 따라서 철학은 지혜를 사랑하는 것, 알기를 좋아하는 것이라고 할 수 있다. 한 마디로 철학은 "愛智의 學"인 것이다. 철학은 지혜를 사랑하고, 알기를 좋아하는 데서 출발하고 시작된 학문인 것이다.

- 박영식 「철학이란 무엇인가」에서

4) 논증

　　어떤 불확실한 사실이나 원칙을 밝혀 진실을 찾아냄으로 독자가 그것을 옳다고 믿게 하는 형식의 글이다. 설명은 독자를 이해시키는데 비해 논증은 필자의 견해가 옳다고 믿게 하는 상대방을 설득하려는 의도가 담긴다. '어느 것이 옳은가?' '어떻게 해야 하나?' 와 같은 문제에서 자기가 믿는 바에 다라 근거를 들면서 주장을 전개해나가면 논증이 된다.

"원수를 사랑하라"는 말이 있다. 나는 이 말이 좀체 가슴에 와 닿지 않고 이해되지도 않았다. 원수를 사랑하라니. 자기를 사랑하고 가족을 사랑하는 일은 본능적인 일이어서 누구나 하고 있는 일이다. 그리고 이웃을 사랑하라는 말도 이해할 수 있고, 사랑을 바깥으로 확대하라는 것이니 그것을 위해 노력해야 할 것이다. 그러나 어떻게 원수를 사랑할 수 있는가. 원수라는 말 자체에 사랑할 수 없는 사람이라는 뜻이 담겨있는 것이 아닌가.

나는 이 말이 뜻하는 바가 무엇인지, 원수를 어떻게 사랑할 수 있는지를 오랫동안 고심해 왔다. 그리하여 나름대로 끌어낸 회답은 이러하다. 원수는 결코 사랑할 수가 없다. 따라서 원수를 사랑하라는 말은 원수를 용서하라는 말이요, 이 때 용서한다는 말은 그 사람에 대한 생각을 끊어버리고 그 사람에 대한 원한을 마음에서 지워버리라는 것이라고.

여기서 역설적이게도 원수를 사랑하는 일이 자기를 사랑하는 것으로 될 수 있다는 것이다. 원수에 대한 원한을 품고 있으면 늘 마음이 힘들고 무겁기 마련인데 용서를 통해 그 적개심을 마음에서 지워버리고 나면 오히려 마음이 가벼워지고 편안해질 수 있기 때문이다.

– 박영식 「원수 사랑하기」

6. 효과적인 표현

수필은 자아를 통하여 또 다른 하나의 자아를 표현해내는 글이다. 수필은 시나 소설처럼 형식에 얽매이지 않고 감동으로 스쳐간 기억이나 사건

등 본인의 체험을 바탕으로 쓰는 글이다. 그러므로 좋은 수필을 쓰려면 먼저 무엇을 쓸 것인가를 결정한 다음 어떻게 쓸 것인가를 생각해야 한다.

아래 소개하는 조지훈의 〈효과적인 표현〉은 수필을 쓰고자 하는 사람의 수필쓰기를 잘 안내해주고 있다. 먼저 이 글을 읽고 수필로 쓴 글쓰기 이론을 요약해 보기 바란다.

*효과적인 표현 - 조지훈

① 사람은 누구나 하고 싶은 이야기를 가지고 있다. 이 하고 싶은 이야기를 가진 까닭에 글을 쓰게 된다. 다시 말하면 사람은 저마다의 마음속에 나타내고 싶은 일, 즉 남에게 호소하고 싶은 이야기를 가지고 있기 때문에 글을 쓴다는 말이다.

사람을 가리켜 사색하는 동물이라 한다. 사색하는 기능 그것이 바로 이성의 바탕이 되는데, ② 우리는 헤아릴 수 없을 만큼 많은 생각의 싹을 가지고 있다. 공부는 왜 하는가? 사람은 무엇 때문에 사는가? 진리란 무엇인가? 이런 생각들이 모두 우리가 생각할 수 있는 것들이다. ③ 그리고 우리는 수많은 느낌을 가지고 있다. 기쁘고, 슬프고, 노엽고, 사랑하고, 미워하는 것들이 모두 느낌의 움직임이다. 그렇기 때문에 인간을 감성의 동물이라고 한다.

이와 같이, 생각하고 느낄 줄 안다는 것은 사람이 본디부터 갖추고 있는 능력이지만, 생각과 느낌은 바깥에 부딪치거나 그것을 받아들이는 사이에 일어나는 것이 보통이다. 해와 달, 산과 내, 짐승과 나무, 이러한 자연계가 우리의 생각과 느낌을 풍성하게 한다. 집과 마을, 학교와 직장, 나라와 세계에서 이루어지는 사회생활이 또 우리의 생각과 느낌을 격동시킨다. 그러므로 이러한 자연과 사회와 예술의 전부가 우리의 생각과 느낌의 소재가 된다. 바꿔 말하면, ④ <u>사람이 보고, 듣고, 관여하고, 이용하고, 만들고, 허물어버리는 모든 것이 우리의 생각과 느낌의 재료가 된다는 말이다.</u>

이렇게 생각하고 보면, ⑤ <u>글의 소재도 생각과 느낌이요, 글로 표현하는 것도 생각과 느낌이라는 것을 알 것이다.</u> 그러나 글을 짓는데 있어서 생각은 안에 있고, 소재는 밖에 있으며, 표현은 말의 구성에 있고, 전달은 글자의 기록에 매인다고 생각해야 한다.

⑥ <u>땅 위에 있는 모든 것은 글의 소재, 즉 재료가 된다.</u> 그러나 그것들은 어디까지나 소재일 뿐, 그것 그대로를 글이라고 하지는 않는다. 마치 흙으로 옹기를 굽는다 하여 흙을 가리켜 옹기라고 할 수 없는 것과 마찬가지다.

⑦ <u>그러한 소재들이 글이 되려면 글의 표현을 거쳐야 한다.</u> 생각과 느낌의 표현 수단으로 인간이 언어와 문자를 가지고 있음은 누구나 아는 사실이지만, ⑧ <u>말을 글자로 써 놓았다 하여 모두가 글이 되는 것은 아니다. 문법에 맞는 것만으로도 안 된다.</u> 글을 짓는 데는 솜씨가 필요하고, 또한 거기에 생명을 불어넣는 힘이 필요하기 때문이다.

더 자세히 말하면, ⑨ <u>표현이란 것은 단순히 생각이나 느낌을 아무렇게나 나타내는 것을 말함이 아니요, 그 생각과 느낌을 두드러지게 드러내기 위한 온갖 노력의 합성이란 뜻이다.</u> 글을 잘 짓는다는 것은 표현하는 힘에 달린 것인데, 표현하는 힘은 소재를 파악하고 조리 있게 구성하는 솜씨에서 드러나는 법이다.

⑩ 훌륭한 표현을 위해서는 먼저 그 막연한 소재들을 명확하게 붙잡는 개성적인 눈을 마련해야 한다. 매미를 그리려면 매미의 생태를 정확하게 파악해야 하며, 달을 표현하려면 동전 같다든지, 빵과 같다든지 하는 개성이 드러나야 한다.

⑪ 글 쓰는 사람의 지식과 사상과 취미와 성격 등이 글 쓰는데 큰 관계가 있음을 알아야 한다.

훌륭한 표현을 위해서는 소재를 조리 있게 구성하는 효과적인 솜씨를 익히는 것이 또한 필요하다. 이 힘이 붙지 않으면 아무리 좋은 소재라도 그것을 표현할 도리가 없다. 생각을 풀어내는 차례가 뒤범벅이 되면 문맥이 닿지 않고 뜻이 흐려지는 글이 되기 쉽기 때문이다. 나타내고 싶은 생각을 어떻게 앞뒤에 배치하고 어디를 끊었다가 어디에서 있는지에 따라, 그 글의 맛이 아주 달라진다. 그 내용에 부합하는 표현은 그 구성에 따라 좌우되기 때문이다.

개성적인 눈은 바탕이요, 효과적인 솜씨는 설계인데, 그 바탕 위에 그 설계를 따라서 이루어진 건축이 곧 글이란 것이다. 그렇기 때문에, 한 글에는 개성적인 눈도 나타나고, 효과적인 솜씨도 나타나며, 인품의 향기도 풍겨 나온다.

다시 말하면, ⑫ 글이란 쓰는 사람의 안에 있을 때에는 생각이 바탕이지만, 바깥에 나타날 때에는 문장이 근본이 된다. 그러므로 생각을 깊게 하는 것이 글 쓰는 첫 힘이 되듯이, 문장을 깨끗하게 다듬는 것이 또한 글 쓰는 마지막 힘이 된다.

사물을 관찰하는데 치밀하고 날카로우며, ⑬ 평범한 사실에서 놀라운 진리를 발견할 줄 알라. 아무나 보고 느낄 수 있으면서도 깨닫지 못하는 것을 붙잡아라. 모든 사람이 다 아는 말이면서도 제자리에다 놓을 줄 아는 말, 자기 자신의 눈으로 다시 발견한 말들을 잡아라. 글을 위해서는 눈은 과학자를 닮고, 솜씨는 정치가를 배우고, 문장은 화가의 수법을 배울 수도 있다. 그러나 그것보다 더 중요한 것은 ⑭ 어린아이의 천진한 눈, 억지로 꿰맨 자국이 없는 그 솜씨, 졸렬하면서도 거침없는 문장으로 돌아가는 일이다.

고려 때 이름난 시인 정지상은, 어릴 때 물 위에 떠 있는 오리를 보고, "그 누가 새 붓을 잡아 강물 위에 저렇게 '새을' 자(乙)를 썼노?"라고 읊었다 한다. 프랑스의 문인 르나아르는 어른이 된 뒤에 개미를 보고 지은 글에서, 한 마리 한 마리가 '3'이라는 숫자와 같다고 하였다. 대수롭지 않은 생각이지만, 그 눈의 느낌이 얼마나 참신하고 개성적인가?

석류 껍질 속에
새빨간 구슬이 부서졌구나!

이는 이율곡이 어릴 때 석류를 보고 지은 시다.

한겨울 지난 석류 열매를 쪼개어, 홍보석 같은 알을 한 알 두 알 맛보노니.

이것은 우리나라 어느 현대 시인의 시다. 둘 다 '석류'라고 하는 흔한 소재를 다루었고, '새빨간 구슬' '홍보석' 같은 비슷한 뜻의 말을 썼으면서도, 서로 거기에 나타나는 개성이 얼마나 강렬한가!

소재는 잡는 눈과 느낌이 부족한 사람이란, 봄이란 제목으로 글을 쓸 경우, 강남제비 오고, 노랑나비 날고, 아지랑이 아른거리고, 버들가지 물오르고, 빨강치마 입고 나물 캐는 색시 따위를 늘어놓는 글밖에는 아무것도 모르는 사람을 말한다. 이런 따위의, 소재만을 늘어놓는 글은 읽을 마음이 내키지 않는 법이다. 글 쓰는 사람의 개성이 들어 있지 않기 때문이다. 이러한 흔한 소재를 글로 다루려면, 그 관찰하고 파악하는 각도를 강렬한 개성으로써 잡아야 한다. 그러나 ⑮ <u>개성적인 솜씨로 소재를 다룬다 하더라도 그것을 문장으로 표현할 때에는 온건하고 진실해야 한다.</u>

조지훈의 〈효과적인 표현〉은 짧은 수필 속에 담아낸 글쓰기 이론이다. 이 글은 '글을 어떻게 쓰는가'에서 '효과적인 표현'에까지 이르는 글쓰기의 전 과정을 담아내고 있다.

위의 글에서 중요한 문장을 뽑아보자.
① 왜 글을 쓰려 하는가의 글을 쓰려는 동기를,
② 우리는 헤아릴 수 없을 만큼 많은 생각의 싹과 수많은 느낌을 가지고 있다.
③ 우리가 보고, 듣고, 관여하는 모든 것이 우리의 생각과 느낌의 재료가 된다.
④ 글의 소재가 되는 것도, 그것을 글로 표현하는 것도 생각과 느낌이라는 것
⑤ 글을 짓는데 생각은 안에 있고, 소재는 밖에 있으며, 표현은 말의

구성에 있고, 전달은 글자의 기록에 매인다.

⑥ 땅위에 있는 모든 것은 글의 소개, 즉 재료가 된다. 그러나 그것들은 어디까지나 소재일 뿐, 그것 그대로를 글이라고 하지는 않는다.

⑦ 소재들이 글이 되려면 글의 표현을 거쳐야 한다.

⑧ 말을 글자로 써 놓았다 하여 모두가 글이 되는 것은 아니다. 글을 짓는 데는 솜씨가 필요하고, 생명을 불어넣는 힘이 필요하다.

⑨ 표현이란 생각과 느낌을 두드러지게 드러내기 위한 온갖 노력의 합성이다.

⑩ 훌륭한 표현을 위해서는 개성적인 눈을 마련해야 한다.

⑪ 글 쓰는데 그 사람의 지식과 사상과 취미와 성격 등이 관계가 있다.

⑫ 글이란 쓰는 사람의 안에 있을 때에는 생각이 바탕이지만, 바깥에 나타날 때에는 문장이 근본이 된다. 그러므로 생각을 깊게 하는 것이 글 쓰는 첫 힘이 되듯이, 문장을 깨끗하게 다듬는 것이 또한 글 쓰는 마지막 힘이 된다.

⑬ 평범한 사실에서 놀라운 진리를 발견할 줄 알라. 아무나 보고 느낄 수 있으면서도 깨닫지 못하는 것을 붙잡아라. 모든 사람이 다 아는 말이면서도 제자리에다 놓을 줄 아는 말, 자기 자신의 눈으로 다시 발견한 말들을 잡아라.

⑭ 어린아이의 천진한 눈, 억지로 꿰맨 자국이 없는 그 솜씨, 졸렬하면서도 거침없는 문장으로 돌아가라.

⑮ 개성적인 솜씨로 소재를 다룬다 하더라도 그것을 문장으로 표현할 때에는 온건하고 진실해야 한다.

이 요지를 정리해 보면

이 글을 다시 요약하면 ①은 글을 쓰는 동기를, ②~⑥까지는 소재와 주제가 되는 생각과 느낌 ⑦은 말과 글이 다름을 ⑧은, 글을 짓는데는 솜씨가(표현이), 생명을 불어넣는 힘(주제)이 필요하다. ⑨는 글로 나타내는 표현은 생각과 느낌을 드러내기 위한 하나의 노력이다. 즉 글은 어떻게 쓰는가 하는 문제다. ⑩~⑪은 글은 자기만이 발견할 수 있는 개성적인 눈과 자신이 글 속에 드러나게 된다. ⑫~⑬은 글을 쓰기만 하는 것이 아니라 퇴고를 통한 다듬기를 해야 한다. 자기만이 쓸 수 있는 개성적인 글이, ⑭~⑮는 있는 그대로, 쉽고 솔직하게, 진실을 담아내야 한다로 정리될 수 있다.

글을 쓰게 되는 동기

① 사람은 저마다 하고 싶은 말을 가지고 있다 — 나타내고 싶은 일, 호소하고 싶은 일,

② 사람은 헤아릴 수 없이 많은 생각의 싹을 가지고 있다.

③ 수많은 느낌을 가지고 있다.

이런 생각과 느낌이 글을 쓰게 되는 동기가 된다.

글을 쓰기 전에

① 평범한 사실에서 놀라운 진리를 발견할 줄 알라.

② 아무나 보고 느낄 수 있으나 깨닫지 못하는 것을 찾아라.

③ 생각을 깊게 하라.

<u>글감의 발견</u>

① 글감을 소재라 한다.

② 글감에 의미를 부여했을 때 사상이 생겨남. 이것이 주제로 연결되어
  야 한다. 평소에 생각하고 관찰하자. 주제와 관계있는 것을 모으라.

③ 문장의 두 가지 요건은 '사상'과 '표현'이다. 사상은 내적 요건이고,
  표현은 외적 요건이다.

<u>글쓰기 표현</u>

① 글을 쓴다는 것은 표현하는 힘이다.

　개성적인 눈 -글의 바탕

　효과적인 솜씨 - 글의 설계

② 문장이 기본 - 문장을 깔끔하게 다듬는 것

　　　　　　　　　꾸밈없는 진솔한 문장

　　　　　　　　　조리 있는 구성

③ 주제 만들기—문장의 두 가지 요건은 주제와 표현이다.

　주제는 작가가 문장 전체를 통하여 말하고자 하는 중심 사상이고,
  문장은 주제를 구체적인 자료에 의하여 표현하여 독자에게 전달하
  는 방법이다.

④ 자기표현과 문장의 개성

　- 수필은 자기 체험의 조직화다.

– 수필은 자기 체험의 고백이다.

– 가장 개성적이면서 보편성을 벗어나서는 안 된다.

7. 읽고 쓰기의 요령

문장 전체를 한 번에 소화하려고 들지 말고 순서를 정해서 하나씩 해결해 나간다.

어휘, 어구, 문장의 구조 등 짧은 시간에 이해할 수 있는 노트를 만든다.

글을 읽을 때에는 분석하는 버릇을 기르고, 모르는 단어나 관용어의 의미는 사전을 통해 꼼꼼하게 이해하고 활용하도록 한다. 단어의 의미를 정확하게 알고 있지 않으면 필자의 주장을 파악할 수 없다.

글을 쓸 때에는 자신의 주장을 간결하게 설득력 있게 펼칠 수 있도록 노력한다.

<u>글읽기 5단계</u>

① 아는 부분과 이해되지 않는 부분을 나누어 정리한다.

② 단어를 요령 있게 다루는 방법 익히기

③ 필요한 어휘를 목록으로 정리한다.

④ 문제의 해결을 문제점 파악하는데서

⑤ 어휘노트는 단순한 기록장이 아니라 언제나 단어를 생각하고 문장
　을 만드는 훈련을 가져라.

<u>글쓰기 5단계</u>

① 단어노트작성

② 어휘 활용 짧은 글짓기

③ 몇 개의 문장으로 토막글쓰기

④ 토막글과 토막글을 연결 하나의 주제가 담기는 긴 글쓰기

⑤ 쓰고 난 뒤 문장 다듬고 퇴고하기

Ⅲ. 수필쓰기와 언어선택
―나의 수필쓰기를 바탕으로―

1. 글을 만드는 언어들

나는 글을 쓰려고 책상 앞에 앉으면 '무엇이 일상어로 하여금 그 언어 사용을 문학이게 하는가'라는 생각에서 벗어나지 못한다.

어떤 성격의 문학작품도 일상어의 테두리를 벗어나지 못한다. 그렇다고 문학이 일상어의 질서와 현실적 기능이나 효과의 범주 안에 놓인다면 아무리 좋은 언어로 글을 쓴다고 해도 문학은 될 수 없음을 알기 때문이다.

연인에게 편지를 쓴다고 생각해 보자. 처음에는 사랑하는 마음이 되도록 있는 그대로 평범한 일상으로 전하려고 힘쓸지 모른다. 그러나 그러는 동안 그런 표현만으로는 부족하여 표현의 테크닉을 동원하기 시작할 것이다. 정서적인 뉘앙스를 첨가하려 하고 사랑하는 마음에 상응하는 비유나 함축적인 언어로 상대방이 자신의 사랑에 공명하고 감동하기를 바라는 방법으로 언어를 동원할 것이다. 그런데, 반대로 사랑하던 사람과 관계를 청산하려고 한다면 그런 표현과는 달리 되도록이면 그 이유를 엄정하고 정확하게 문맥에 따라 다른 의도로 해석되지 않도록 객관적이고 논리가 타당하게 자신의 의사를 전달하려 할 것이다. 여기서 우리는 언어가 지닌 양면성을 보게 된다.

글을 쓴다는, 작가가 바라보는 현실은, 자신이 쓰려는 소재에 의미를 부여하고, 미적 태도로 더욱 의미 있는 것으로 형상화된 현실이고, 작품 속에 현실은, 작가가 취사선택한 창조된(상상력에 의해 재구성된) 현실이다. 그러므로 작품 속에는 실재의 현실은 담기지 않음을 알 수 있다.

모든 언어는 의사소통을 가능하게 하는 사회적인 약속이지만 그런 언어의 개념을 뛰어넘어 자신만의 방법으로 자신의 경험, 사실, 의미를 달리 표현해내려고 시도한다. 다시 말해서 일상어라는 감옥에서 뛰쳐나와 새로운 모습으로 거듭나고 싶어 한다. 그러려면 언어가 지닌 새로운 변형을 고안해내야 한다. 그래서 다른 얼굴로 나타나는 언어는 본래의 정상적인 언어체계에서 보면 비정상적인 언어체계가 되나 그 비정상적인 쓰임이 도리어 신선한 이미지를 창출하게 된다.

야콥슨은 '문학의 언어는 문학의 언어만이 가지고 있는 특이한 구조가 있다'고 주장한다.

김소월의 시 〈금잔디〉는 일상어로 쓰였으되 그 의미구조는 비정상적인 언어사용으로 객관적인 사실이 아닌 작가의 주관적인 정서를 담아내고 있다. '금잔디'는 끊임없이 타오르는 그리움의 불길로, '심심산천의 타는 불은 가슴속에 깊이 드리워 지워지지 않고 타오르는 가신임에 대한 사랑을 말하고 있는 것이다. 결국 〈금잔디〉의 외연은 봄날 임의 무덤의 금잔디를 쓰고 있지만 사실은 임의 죽음에 대한 허무감과 그리움을 쓰고 (내포하고) 있을 뿐이다.

이처럼 작가가 작품을 쓴다는 것은 자기만의 언어방법으로 주관적인 심상을 창출해내는 것이다. 작품은 정서적 효과가 있기 위해 암시적이고 주관적이고 함축적인 의미를 내포하려고 일상어의 의도적인 변용을 시도한다. 그런 언어들로 이미지를 구축하고, 독자에게 그 대상과 관련된 여러 가지 관념들을 연상시키는 상징성과 상상력을 유발하려고 한다. 그러므로 작품은 작가의 개성적인 언어에 달려있고 그 작가적 개성의 언어에 의해서 문학성을 지니게 된다. 그런 의도로 동원되는 언어들을 흔히 낯선 언어, 언어의 낯설게 하기라고 한다.

2. 일상의 언어들로 낯설게 하기

러시아 형식주의(1920년대 성장했던 문학비평의 한 학파) 비평가들의 이론을 빌리면, 문학적 언어와 일상 언어 사이에는 근본적인 차이가 있다는 가설을 토대로 하고 있다.

일상 언어는 메시지나 정보를 전달하는 것으로 보며, 문학적 언어는 자기 초점적(self-focused)이라고 했다. 일상적인 언어가 간단해지려는 경향을 갖고 있고 그 언어행위가 습관적이고 자동화되고 있는 반면 문학적(시적)언어는 단순해지기를 거부하고 그 언어행위가 습관적으로 이루어지는 것을 배격하고 있다고 말한다.

슈클롭스키(Victor Shklovsky)는 초기 논문 〈기교로서의 예술〉에서 이른바 낯설게 하기(making strange) 가 모든 예술의 중심과제라는 견해를 강조했다.

그에 의하면 예술의 기법은 사물을 낯설게 만드는 장치라고 했다. 문학을 결정짓는 것은 습관적인 것을 낯설게 만들어야 하며 그것은 마치 처음 보는 것처럼 표현되어야 한다는 것이다. 그런 언어 사용만이 문학성을 만들어내는데, 문학성은 문학 작품을 문학작품이게 하는 특성이라고 설명하고 있다.

이런 이론은 엠프슨(Empson)이 말한 애매성ambiguity개념에서도 보인다.

예술의 목적은 사물들이 알려진 그대로가 아니라 지각되는 대로 그 감각을 부여하는 것이며, 예술의 테크닉은 사물을 낯설게 하고 형태를 가볍게 하고 지각을 어렵게 하여 의식적으로 경험하기 위한 방법이며, 이런 의미에서 대상 자체는 별로 중요하지 않다고 했다.

이런 '낯설게 하기'는 대상을 낯설게 하여 새로운 경험을 하게하고, 그를 통해, 인식의 전환을 가져오게 하는데 목적이 있다.

어머니가 아이에게 처음 말을 가르칠 때에는 불을 '불'이라 하고, 우유를 '우유'라 가르친다. 그런데 불을 '뜨거워', '아름답다', '환상적이다' 하고 말을 바꿔가며 가르친다면 그 아이는 뜨겁다는 낯선 표현에 불을 바라보는 시각이 달라지며 상상력을 통한 인식의 전환을 가져오게 될 것이다.

3. 글을 쓰는 작가의 의도

　형상화(visualization)라는 문학에서 사용하는 용어를 일반적으로 말
한다면, 형체 없는 것에 형체를 부여한다는 의미로, 작가가 일정한 의도
에 따라 구체적인 형태를 창조하여 출연시키는 것을 이른다. 예를 들면
화가가 재료로 쓰는 어떤 모델을 자기 심상에 따라 캠퍼스에 나타내면
형상화가 이루어진 것으로 볼 수 있다. 글을 쓸 때에도 어떤 대상을 주관
에 의해 변형된 구성적 진술로 보여주는 것이라는 의미로 본다. 작가가
주관에 의해 변형된 표현은 사실의 영역을 뛰어넘어 새로운 의미를 창출
하는 가능성을 내포하고 있다. 이를 형상화라고 할 수 있는데, 작품의
형상화를 위해서는 반드시 주관과 상상의 개입이 따른다.

　톨스토이가 소설 ≪전쟁과 평화≫를 쓸 때, '전쟁의 무의미성과 사랑의
귀중함을' 주제로 소설을 썼다면 그 주제는 '전쟁은 잔인하고 사랑은 귀중
하다'라는 것이 글 속에 담길 것이다. 그렇게 보편적이고 간단한 주제를
형상화하기 위해서 그토록 방대하고 복잡한 이야기로 표현하고 있다.
문학의 속성에서 벗어나 본다면 납득이 가지 않는다. 간단히 명료하게
전달할 수 있는 주제를 그토록 많은 언어를 동원하여 다양한 방법으로
표현하고 또, 우회적인 방법으로 작가의 의도를 찾아내기조차 어렵게
쓰고 있는 이유가 무엇인지? 그러나 독자들은 작가의 그런 의도를 찾아내
고 해석하기 위해 작품에 흥미를 갖는 것은 아니다. 작가의 그런 다양한
표현을 통해 느끼고, 감동하고, 사유하고 상상해가는 과정에서 은연중
작품 속에 녹아 있는 (형상화 된) 새로운 세계(주제)와 만나게 되기 때문

일 것이다.

이효석의 〈메밀꽃 필 무렵〉은 시가 아닌 산문으로 쓰인 소설이다. 메밀꽃밭의 밤 풍경 묘사는 소설임에도 시적 정서와 함축적인 언어가 풍기는 분위기가 지배적이다.

길은 지금 긴 산허리에 걸려 있다. 밤중을 지난 무렵인지 죽은 듯이 고요한 속에서 짐승 같은 달의 숨소리가 손에 잡힐 듯이 들리며, 콩포기와 옥수수 잎새가 한층 달에 푸르게 젖었다. 산허리는 온통 메밀밭이어서 피기 시작한 꽃이 소금을 뿌린 듯이 흐뭇한 달빛에 숨이 막힐 지경이다.

이 대목에서 '길은 산허리에 걸려 있다' '짐승 같은 달의 숨소리' '잎새가 푸르게 달에 젖었다' '꽃이 소금을 뿌린 듯' '흐뭇한 달빛' 등은 상징과 함축적인 표현으로 소설 전체의 이미지를 형상화하고 있다.

이 작품은 남녀 간의 만남과 헤어짐, 그리고 친자 확인(親子確認)이라는 두 가지 이야기가 기본 줄기를 이루는 소설이다.

늙고 초라한 장돌뱅이 허 생원이 20여 년 전에 정을 통한 처녀의 아들 동이를 친자로 확인하는 순간이 '푸른 달빛에 젖은 메밀꽃이 소금을 뿌린 듯이 흐드러지게 피어 있는 밤길' 묘사로 압축되어 있다. 장돌뱅이를 생업(生業)으로 살아가는 허 생원의 삶을 '긴 산허리에 걸려 있는 길'로, '소금을 뿌린 듯한 숨이 막힐 지경의 메밀꽃'은 허 생원이 동이의 왼손잡이를 통해 아들을 확인하는 환희의 순간으로 형상화 되어 있다. 괴로운 삶의 역정의 현장과 자연이 어우러진 환상적인 정취가 짙게 풍겨 나오는 대목이다.

만약 이 소설 속의 위의 문장이 없었다면 한 늙은 장돌뱅이의 삶 속에 담긴 사랑의 추억과 인연(因緣)의 끈질긴 회한이 운문적(韻文的)인 몽환(夢幻)으로 독자의 기억 속에 남겨지지 않을 뿐만 아니라 메밀꽃을 배경으로 한 정서적 형상화로 메밀꽃의 매력도 얻어내지 못했을 것이다. 작가는 글을 쓸 때에 그런 의도를 지니고 쓰고 싶어 한다.

4. 수필 어떻게 쓸 것인가

수필은 다른 장르의 문학과는 달리 체험을 소재로 하여 쓰이는 문학이긴 하지만 작가가 언어로 구축하는 건축물임에는 틀림이 없다. 목수가 목재를 잘 다루어야 좋은 집을 지을 수 있듯 체험을 담아내는 언어를 효과적으로 다루어야 좋은 수필이 된다. 더욱이 수필은 짧은 문장으로 작가의 의도를 담아내는 글이므로 글 속에 많은 의미를 함축하고 구체적인 체험을 호소력 있는 문장으로 형상화하지 않으면 문학적 향기를 담아내지 못할 것이다.

아직 해가 뜨기 전이어서 희게 내린 긴 서릿발이 길섶 마른 풀 위에서 서슬이 빳빳했다. 소년이 저쪽에서 걸어오고 있었다. 그는 반 뜀질로 몇 걸음

걷다가 풀썩 주저앉고 다시 발딱 일어나 몇 걸음 달리곤 하는 그런 걸음새를 되풀이 하면서 다가왔다. (중략)… 소년의 홀어머니는 가끔 쇠된 목소리로 소년을 꾸짖어 내쫓곤 했는데 (중략)… 쫓겨난 소년은 얼마 안 가 무심한 표정으로 휘파람을 불었다. 그럴 때 소년은 어쩐지 실제 나이보다 두어 살쯤 들어 보였다. 그래봐야 고작 열한두 살?

소년은 맨발이었다. 또 쫓겨났구나. 나는 눈으로 말했다. '괜찮아요' 하듯이 소년이 웃고는 이내 누더기 앞자락을 조금 들쳐 보여 자연스럽게 맨발로부터 내 시선을 끌어 올렸다.

"어마나!"

나는 손으로 입을 가렸다. 골무만한 새 새끼였다. 소년은 품에서 꺼낸 새 새끼를 조심스럽게 길바닥에 놓고는 나를 올려다보면서 싱긋 웃었다. 내내 소년은 그렇게 새를 날리고 따라잡고 또 날리며 온 모양이었다. 새 새끼는 어쭙잖은 날갯짓으로 마른 풀 위로 날아가 앉았다. 소년이 뛰어가 놈을 살풋 쥐어다가 다시 품에 넣으면서 중얼 거렸다. "그 봐, 발시렵지?" 그리고는 또 나를 보고 웃었다. 나는 가던 길을 되돌아서서 소년을 따라 걸었다.

얻어 입은 단벌 학생복으로 사철을 나면서도 정작 학교 문전에도 못 가본 소년. 그래도 휘파람을 잘 부는 소년. 자기는 맨발로 서리를 밟으면서도 작은 새를 깊이 품는 소년.

—이난호 수필 〈서리 밟던 소년〉 중에서

위의 수필을 읽으면 한없이 외로운 소년, 언제나 병든 홀어머니에게서 쫓겨나고, 신발도 없이 맨발로 서리를 밟으며 길을 가고, 학교는 가보지도 못하면서 사철 교복을 입고 사는 소년과 만난다. 그러나 이 글 속의 그 소년은 그래서 외롭고 불쌍하고 헐벗은 소년이지만 그런 감상적인 문장은 하나도 없다. 대신 가슴에 품은 새 한 마리를 통해 소년의 모습을 형상화하고 있다. 새를 품으며, '그 봐 발시렵지'라고 하는 소년의 말은, 맨발로 서리를 밟고 있는 소년 자신의 발시려움을 극대화시키고 있다. 그 외로운 소년은 도리어 외로운 새를 가슴에 품고 언제나 휘파람을 부는 모습이 역설적으로 더 외로움을 느끼게 한다.

　'언제나 맨발로 서리를 밟아도 휘파람을 부는 소년'이란 표현은, 우리의 잡다한 일상의 고뇌쯤은 우습게 만들어 버린다. 글 속에서 서리 밟는 소년은 독자에게 '자신의 품에 안기는 새 한 마리'로 전이되어 다가온다.

　이 글의 필자는 자신이 바라본 사실을 사실대로 쓰고 있지 않다. 사실을 뛰어넘어 인간의 외로움의 보편성을 창출해내고 있는 것이다.

　'무엇이 일상어로 하여금 그 언어사용을 문학이게 하는가' 이 말을 되씹으면서 문학성을 지닌 언어가 되기 위한 일상어의 탈출을 시도해봄직하다.

※참고문헌

《문학연구방법론》 오세영 반도출판사. 《예술철학》 박이문 문학과 지성사
《문학과 현실의 언어》 원형갑 홍익제. 《상상과 표현》 콜링우드/김혜련역
고려원
《문학비평용어사전》 김윤식 편 일지사

IV. 의미 부여하기

1. 의미 부여

'의미부여'는 한 언어가 지니고 있는 사물의 뜻을 다른 언어로 그 개념을 달리 확장시켜 해석해 보자는 의도로 보면 된다.

우리는 살아가면서 자신의 경험을 어떤 일정한 의미를 글에 담아 독자에게 전해주고 싶어 한다. 거기에는 일정한 줄거리를 가진 언어적 맥락을 지니는 것 뿐 아니라 언어를 통하여 어떤 의미를 형상화하려 한다. 그 글을 접하는 사람들은 글 속에 담긴 이야기의 의미를 자신의 입장에 따라서 평가하고 그 의미를 해석하려는 과정에서 언어에 많이 의존하게 된다.

글은 필자 한 사람의 머릿속에서만 존재하는 것이 아니라 다른 사람 즉 독자에게 전달됨으로써 그 존재가 확인된다. 이야기를 만들어내는 사람의 사건(경험)은 듣는 사람에게도 하나의 사건(경험)으로 전달되며 새로운 의미를 부여받게 된다. 이때 글을 쓰는 사람의 의식에 따라 언어의 구조를 다른 표현으로 다양하게 변용시키기도 한다. 특히 문학인 경우, 언어를 얼마나 잘 활용하느냐에 따라서 매우 다양한 표현을 살려낼 수 있다. 즉 자신이 그 단어를 어떻게 인식하여 확장된 의미를 부여하느냐다.

다음 예문은 '강'과 '섬'을 모성(母性)과 그 모성의 자궁이란 말로 변용(의미부여)를 하고 있다. 남들이 쓰지 않는 의미부여로 하나의 세계를 확장시켜 나간 것은 글을 얼마나 낯설게 하고 참신하게 하며, 새로운 세계를 열어나가는가를 보여주기 위함이다. 다음의 예문을 읽고 '강'과 '섬'에 새로운 의미를 부여하여 정의를 내려보기 바란다.

벼르고 벼른 만큼의 설렘으로 접어든 강의 들머리. 초입에서 본 강은 하체를 벗었다. 강은 그렇게 보였다. 큰 내는 여인의 질의 느낌으로 다가왔다. 그렇다고 수줍지도 방탕하지도 않은 한 여인이다. 생, 무생물의 근원이 거기 있고 성장과 퇴화가 공전되는 곳, 단순하게 위에서 물을 받고 아래로 흘러보내기만 하는 통로의 역할뿐이 아닌, 한 산실의 맥으로 누워 있다. 작은 울림과 큰 떨림으로 사계를 회전시키는 능력과 의무를 함께 하는 여인이다. 물은 흘러갔다고 없어지는 게 아니다. 흐르는 물은 영원한 새 물로서 바꾸어가며 끊임없이 움직이고 생성한다. 마치 어머니의 자궁처럼. 자궁은 소우주라 했다. 우주란 하늘과 땅 사이, 이 세상의 모두를 포용하는 공간이다.

- 김진자 「섬진강」 중에서

'삽시섬'은 세상에서 가장 은밀한 곳. 그래서 늘 감추고 가린 채 생명을 잉태하는 어머니의 자궁이다. 아낙네들의 젖가슴과 사타구니를 꼭꼭 가리듯. 땅은 삽시섬을 감추고 있다. 그리고 어느 날, 우리의 아낙들이 어쩌다 몰래 속옷을 벗고 밑 물을 하듯. 물의 속옷을 벗고 바람을 쏘인다. 행여 누가 볼세라 조심스레 옷을 벗고 시원한 바람에 감추어진 깊고 은밀한 몸의 구석을 밀린다. 삽시섬은 모든 생명의 자궁, 생명의 씨앗들이 처음 숨을 쉬고, 처음 눈을 뜨고, 처음 손가락을 움직여 보는 맨 처음의 고향이다. 그리하여 세상 모든 생명을 탄생시킨 자연의 어머니다.

– 한원준의 「삽시섬」 중에서

위의 두 작품의 일부분만 보아도 비슷한 분위기를 느낄 수 있다. 서로 다른 소재, '강물'과 '섬'이 같은 '자궁'이란 용어로 정의 되고 있다. 강과 섬이 여성으로, 모성으로 그 여성들만이 지닐 수 있는 생명을 품어 생성시키는 공간으로 표현하고 있다. 강을 '어머니의 자궁'으로, '섬'을 '생명의 자궁' 으로 의미를 부여하고 있음이 그러하다. 전혀 다른 소재를 하나의 용어로 정의하는 작가의 언어선택을 생각해 보아야 한다. 글을 쓰는데 언어의 정의 즉 작가가 어떻게 언어를 소화시키느냐에 따라 작가의 가치관이나 문학성이 드러나게 된다.

길 – 박이문[*]

　뱃길, 철길, 고속 도로, 산길, 들길, 이 모든 길들은 그냥 자연현상이 아니라, 우리에게 무엇을 뜻하는 인간의 언어이다. 언어는 인간만의 속성이다. 그러기에 인간만의 세계에 길이 있고, 길이 있는 곳에서 인간이 탄생한다.

　길은 부름이다. 길이란 언어는 부름을 뜻한다. 언덕 너머 마을이 산길로 나를 부른다. 가로수로 그늘진 신작로가 도시로 나를 부른다. 기적소리가 저녁 하늘을 흔드는 나루터에서, 혹은 시골 역에서 나는 이국의 부름을 듣는다. 그래서 길의 부름은 희망이기도 하며, 기다림이기도 하다.

눈앞에 곧장 뻗은 고속도로가 산을 뚫고 들을 지나 아득한 지평선으로 넘어간다. 푸른 산골짜기로 꼬불꼬불 도는 하얀 길이 내 발 밑에 깔려 있다. 그것은 내 마음에 희망을 불어넣고 내 발에 활기를 주는 손짓이다. 나는 그 희망을 찾아 그 손짓을 따라 앞으로 가야겠다는 즐거운 유혹에 빠진다.

　길은 우리의 삶을 부풀게 하는 그리움이다. 그리움의 부름을 따라가는 나의 발길이 생명력으로 가벼워진다. 황혼에 물들어가는 한 마을의 논길, 버스가 오며가며 먼지를 피우고 지나가는 신작로, 산언덕을 넘어 내려오는 오솔길은 경우에 따라 기다림을 이야기한다. 일터에서 돌아오는 아버지를, 친정을 찾아오는 딸을, 이웃마을에 사는 친구를 기다림에 부풀게 하는 길들이 우리의 마음을 따뜻하게 한다. 길은 희망을 따라 떠나라 부르고, 그리움을

---

[*] 박이문(1931~　) 불문학자, 문학박사, 철학박사. 프랑스 소르본 대학에서 불문학박사학위, 포항공대 철학교수. 저서 〈시와 과학〉〈문학 속의 철학〉〈인식과 실존〉〈나비의 꿈〉시집 등

간직한 채 돌아오라고 말한다. 희망과 그리움, 떠남과 돌아옴의 길은 어떤 관계를 전제로 한다. 길은 희망이라는 미래와 그리움이라는 과거, 미지의 사람과 정든 사람들, 사물과 인간 간의 관계를 이룬다. 이러한 관계에서 미래와 과거, 나와 남, 정착과 개척, 휴식과 움직임, 인간과 자연과의 만남의 열매가 결실되어 간다.

길은 과거에 고착함을 부정하는 동시에, 미래에만 들떠 있음을 경고한다. 길을 떠나 나는 이웃과 만나고, 길을 따라온 이웃이 나를 만난다. 길 끝에 휴식할 곳이 있지만, 다시 길을 찾아 어디론가 움직여야 한다. 길은, 인간이 자연 현상과 다르다는 것을 나타내고 인간과 자연과의 경계선을 전달하는 크나큰 표지이지만, 그 표지는 인간과 자연과의 새로운 관계, 새로운 만남을 나타낸다.

이러한 만남에서 과거가 미래로 이어져 역사가 이루어지고, 내가 남들에게도 연결되어, 고독한 실존적 존재로서의 나는 사회라는 광장에서 인간으로서 재발견된다. 그리고 이러한 만남을 통해서 인간은 자연, 더 나아가 우주로 해방된다. 이리하여 길이 만남이라면, 만남은 곧 열림이다.

인간을 자연과 우주로, 나를 남과 사회로 열어주는 길들은, 자연과 우주에 새로운 질서를 부여하여 뜻있는 것으로 하며, 나와 남과의 사이에 사회의 질서를 세워 진정한 뜻에서의 인간적 세계를 창조한다. 이런 과정에서, 어떤 철학자가 말했듯이, 사물로서 존재가 빛을 받아 원래의 은폐성에서 밖으로 뜻을 가지는 존재로 나타나게 되며, 동물로서의 인간이 자연을 초월하는 인간으로서 승화하게 된다. 이와 같이 하여, 길을 벨트(Welt) 즉 물리현상으로서의 세계가 움벨트(Umwelt), 즉 환경으로서의 세계로, 환경으로의 세계가 레벤스밸트(Lebenswelt), 즉 생활 세계로, 무의미의 세계가 의미의 세계로 발전하는 역사의 형이상학적 기록이다. 그것은 문자 그대로 인간의 삶의 발자국이다.

구체적 삶은 어떠한 하나의 관점으로 설명될 수 있는 일차원적 현상이 아니다. 우리의 삶은 꿈과 현실, 희망과 좌절, 휴식과 일, 기쁨과 슬픔, 활기와 피로, 웃음과 눈물, 명상적 순간과 광기의 순간 등으로 무한히 얽혀 얼룩져 있다. 모든 사람들이 다 똑같은 삶의 태도를 가지고 있지는 않다. 어떤 이는 보다 감성적이고, 어떤 이는 보다 이지적이고, 어떤 이가 의지적이라면 어떤 이는 순응적이다. 남자가 억센 성격이라면, 여자는 흔히 유순한 체질이다. 한 집 안, 한 마을, 한 사회, 한 시대의 다양한 길들의 구조와 내용들은 각기 다양한 인간들의 삶을 표상한다.

화초로 잘 꾸며진 정원 길에서 삶의 재미를 느끼며, 시골 샘터로 가는 들꽃 무리 진 길에서 소박하나 알뜰하고 따뜻함을 감각한다. 산과 들을 일직선으로 뚫는 고속도로에서 인간의 승리감을 느낀다면, 들로, 산골짜기로 꼬부라지는 철로에서 삶의 끈기를 맛본다. 봄꽃 필 무렵, 산을 넘는 길은 마치 미소와 같이 밝다. 이처럼 길들이 삶의 긍정적 밝은 면을 채색한 화폭일 수도 있지만, 거기에는 또 고통과 슬픔이란 삶의 그늘이 져 있다. 한 여름 뙤약볕에 소를 몰고 읍내로 가는 길은 너무나도 멀고, 일손을 마치고 무거운 지게를 지고 집으로 돌아오는 농부에게는 그가 가야 하는 험한 산골짜기 저녁 길은 너무나도 고달픈 언덕길이다. 고향을 떠나 서울로 일을 찾아가는 젊은이들이게는 그가 밟고 가야 할 신작로가 너무도 거칠고 불안하다. 그리하여 가지가지 길들은 그것대로 삶의 희로애락, 희망과 좌절, 활기와 실의의 각양

각색의 삶의 자국을 남긴다.

두꺼운 돌을 깔아 만든 넓은 로마제국의 길은 세계 정복의 힘의 자국을 내고 있는가 하면, 설악산 암자로 올라가는 좁은 길은 세상을 떠나 명상에 잠기려는 마음씨의 자국이다. 이미 잡초에 파묻혀버린 오솔길에서 삶의 무상함을 볼 수 있는가 하면, 험한 산에 절벽을 따라 새로 난 길은 삶의 의욕을 상징한다. 높은 돌의 층계를 한 발자국 두 발자국 디디고 올라가면서 우리는 삶의 어려움에 새삼 젖는가 하면, 눈 덮인 들길을 헤쳐 가면서 우리는 고독한 명상에 잠기기도 한다. 어떤 길은 꿈이 배어 있고, 어떤 길은 사색적이고, 어떤 길은 황량하고, 어떤 길은 쾌활하다. 같은 인간의 꿈, 생각, 의지. 느낌을 통틀어 함께 반영한다. 길은 삶이 남기는 삶에 대한 인간의 문학적 기술이다. 인간에 의해 씌어진 이 길이라는 언어에 의해서 자연은 침묵을 깨뜨리고 의미를 가지게 되며, 문화라는 꽃을 피우게 된다. 자연의, 아니 우주의 고독이 노래나 시로 바뀐다.

한 사회에 따라, 한 문화에 따라, 그리고 한 시대에 따라 길은 애절한 노래일 수도 있고, 길이라는 시는 서정시가 될 수도 있고, 서사시가 될 수도 있다. 로마로 통한 돌을 깐 길들이나 미국대륙을 그물처럼 누비고 있는 고속 도로에서 크나큰 서사시를 읽을 수 있다면, 마루나무에 그늘진 한국의 논길 혹은 산 너머 이웃 마을로 통하는 한국의 산길에서 따뜻한 서정시를 들을 수 있다.

산천을 누비어 꿈을 꾸는 듯한 한국 시골들을 이어 놓은 한국의 옛 길들에서 우리는 극히 인간적인 것을 느낀다. 철도, 아스팔트가 깔리고 플라타너스에 그늘진 한국의 신작로도 아직 인간적인 호흡을 담고 있다. 그러나 바쁘고 부산한 고속 도로, 큰 도시에 실꾸러미처럼 엉킨 길에서 우리는 인간의 자연스러운 박자로 맞출 수 없는 비인간화된 삶의 형태를 체험한다. 그렇다면 인간적 체온이 풍기는 길을 잃어갈 때, 우리는 인간을 잃게 되는지 모른다. 그러기에 큰 도시의 네거리에서 복작거리다가도 잠시나마 버드나무 그늘진 시골 논틀길, 냇물이 돌조각 사이로 흐르는 개천 길을 걸어보고 싶어지게 된다. 명상적이면서 청청한 노래자락 같은 한국의 길에서, 우리는 논과 밭, 산과 개천, 구름과 나무, 하늘과 땅, 인간과 자연과의 친근하고 조화로운 관계를 체험하고, 그리하여 진정한 의미에서의 마음의 자유를 느끼게 되기 때문이다.

한 사회, 한 시대의 생활양식의 변천과 더불어 그 사회, 그 시대의 길도 달라지게 마련이다. 옛날 길들에 마음이 끌리고 유혹을 느낀다면, 그것은 잃어버린 것에 대한 낭만적 향수나 진보에 대한 거부감에 기인되는 것만은 아니다. 그것은 자연과 남들과의 조화로운 만남 속에서 살아 있는 인간으로 남아 있기를 바라는 마음 때문이다.

길은 인간의 언어다. 길의 언어는 부름인데 그 길의 부름을 따라 희망을 찾아 앞으로 나아가기도 하고 그리움을 간직한 채 기다리는 사람에게 돌아가기도 한다. 이처럼 나아가고 돌아오는 관계에서 우리는 길을 통한 만남의 열매를 결실하게 된다. 그 만남의 과정은 인간을 자연과 사회와 우주로 열어주는 것이며, 그 열림의 과정은 인간의 삶의 자국인 것이다.

인간의 삶은 긍정적 부정적 양면으로 다양하게 전개되는 것이며, 이런 삶의 자국을 표상하는 길도 다양한 인간의 문학적 기술인 것이다.

한국의 옛 길에서 나와 남, 인간과 자연의 조화로운 만남을 기하고 인간적으로 살고 싶다.

박이문의 수필 〈길〉을 보면 길에 대한 정의가 다양하게 나온다. '길은 언어다', '길은 부름이다', '길은 그리움이다', '길은 만남이다', '길은 열림이다' 등 길에 대한 이런 많은 정의는 길의 의미를 확산시키고 많은 의미를 내포시키고 〈길〉의 진정한 의미를 사유하게 하는, 그래서 작가가 말하고 싶은 주제와 만나게 하는 표현이다.

사람에 따라서 길은 단순하게, 또는 포괄적으로 새로운 의미를 담아내기도 한다.

우리가 일상생활 속에서 쓰고 있는 언어 속에는 이처럼 자신만의 생각이나 상상을 불러올 수 있는 개성적이고 창의적인 의미를 내포하는 단어를 구사할 수 있어야 좋은 글을 쓸 수 있다.

1) 필자가 지향하는 길은 어떤 길인가 생각하여 써본다.

2) 길에 대한 정의(의미부여)를 찾아서 어떤 단어와 연결 지을 수 있는
   가 찾아 써본다.

길   −김기림 [*]

　나의 소년시절은 은(銀)빛 바다가 엿보이는 그 긴 언덕길을 어머니의 상여(喪輿)와 함께 꼬부라져 돌아갔다.

　내 첫사랑도 그 길 위에서 조약돌처럼 집었다가 조약돌처럼 잃어버렸다.

　그래서 나는 푸른 하늘빛에 호져 때 없이 그 길을 넘어 강가로 내려갔다가도 노을에 함북 자주 빛으로 젖어서 돌아오곤 했다.

　그 강가에는 봄이, 여름이, 가을이, 겨울이 나의 나이와 함께 여러번 다녀갔다. 까마귀도 날아가고 두루미도 떠나간 다음에는 누런 모래둔과 그리고 어두운 내 마음이 남아서 몸서리쳤다. 그런 날은 항용 감기를 만나서 돌아와 앓았다.

　할아버지도 언제 난지도 모른다는 마을 밖 그 늙은 버드나무밑에서 나는 지금도 돌아오지 않는 계집애, 돌아오지 않는 이야기가 돌아올 것만 같아 멍하니 기다려 본다. 그러면 어느새 어둠이 기어와서 내 뺨의 얼룩을 씻어준다.

---

* 김기림(1908~?) 함북출생, 일본대 문학예술과, 일본 동북대 영문과
　시집 〈기상도〉〈태양의 풍속〉〈나비와 바다〉 수필집〈바다와 육체〉 기타 시론집 등

※ **감상**

　수필 〈길〉은 많은 의미를 , 정서를, 그리움을, 진실을, 고독을, 회한을 그리고 인간 삶의 본질과 죽음과 고독과 허무와 원초적이고 근원적인 아픔을 담고 있다. 어느 장편소설을 읽는 것보다 더 많은 이야기가 함축되어 있고, 어느 동양화를 보는 것보다 더 선명한 영상을 담고 있으며, 감동과 사색을 함께 지니게 해 주고 있다. 그리고 자신의 뿌리에 깊이 자리 잡은 감상주의를 억제하고 주지적인 정서로 바꾸려고 노력한 흔적이 담긴 글이기도 하다.

　어머니의 상여의 뒷모습조차 오래 지켜볼 수 없도록 꼬부라져 돌아간 길, 그 길에서 '조약돌처럼 집었다 조약돌처럼 잃어버린' 첫사랑, 그렇게 덧없이 흘러간 세월, 그 길에서 '어두운 내 마음이 남아서 몸서리치고', '그런 날은 항용 감기를 만나서 돌아와 앓고' 돌아오지 않는 계집애와 이야기를 늙은 버드나무 아래서 기다리다 보면 '어느새 어둠이 기어와서 뺨의 얼룩을 씻어준다'로 표현하고 있는 그의 언어 뒤에 어린 시절 이별의 아픔과 고독과 비통한 상처를 모두 숨기고 있음을 보게 된다.

2. 다음 속담에 맞는 체험을 주제로 삼아 수필을 써본다

1) 가는 방망이 오는 홍두깨
2) 같은 값이면 다홍치마

3) 개밥에 도토리

4) 굼벵이도 구르는 재주가 있다

5) 고양이 쥐 생각하듯

6) 깊고 얕은 물은 건너보아야 안다

7) 느릿느릿 걸어도 황소걸음

8) 늦게 배운 도둑이 날 새는 줄 모른다

9) 단단한 땅에 물이 고인다

10) 닭 잡아먹고 오리발 내민다

11) 되로 주고 말로 받는다

12) 말 한 마디로 천 냥 빚을 갚는다

13) 믿는 도끼에 발등 찍힌다

14) 범 없는 골에 토끼가 스승이라

15) 선무당이 사람 잡는다

16) 아는 길도 물어가라

17) 얕은 내도 깊게 건너라

18) 우물을 파도 한 우물을 파라

19) 집에서 새는 바가지 들에 가도 샌다

20) 초록은 동색이라

21) 쭈그렁밤송이 3년 간다

22) 참을 인자 셋이면 살인도 면한다

23) 천리 길도 한 걸음부터

24) 콩 심은 데 콩 나고 팥 심은 데 팥 난다

25) 토끼 둘 잡으려다 하나도 못 잡는다

26) 하늘이 무너져도 솟아날 구멍이 있다

27) 호랑이에게 물려가도 정신만 차려라

28) 혹 떼러 갔다 혹 붙여 온다

29) 서당 개 삼 년이면 풍월을 읊는다

30) 구슬이 서 말이라도 꿰어야 보배다

V. 수필쓰기의 실제

1. 나를 담아내는 나만의 글 일기쓰기

1) 일기

일기는 누구에게 보여주기 위해서 쓰는 글이 아니고 자신이 살아온 하루를 기록하는 글이다. 형식에 구애되지 않고, 내용의 무리가 따르지 않으며 쓰고 싶은 대로 쓰는 글이다. 그러나 그 속에 담아내는 것이 거짓 없는 자신의 삶이어야 한다.

오늘 세상을 떠난 이들이 그토록 살고 싶어 했던 귀중한 하루다.
나는 누구인가, 나는 무엇을 했나, 또 하고 있나,
나는 오늘 하루를 보람되고 성실하게 살아왔는지.

내 삶은 내가 만들어 가는 것.

모든 것이 나로부터 출발하는 것.

나를 바로 바라봐야 하지 않을까?

삶은 우리 자신이 만드는 것이고

언제나 우리자신이 만들어 왔고,

앞으로도 우리 자신이 만들어 나갈 것이다.

※ 일기쓰기의 유의점

- 날짜를 꼭 쓸 것

- 하루 중에 가장 소중하고 인상에 남는 일을 자세하게 기록할 것

- 솔직하고 진실 되게 쓸 것

- 사건, 사색, 느낌, 비판 등도 담을 것

※ 예문

일기와 나   -김성진

　열두 살 때부터 쓰기 시작한 일기니까 벌써 40년이 된다.

　과거 일기장을 큰 트렁크 안에 가득 모아놓고 오랫동안 보관하였던 것을 사변 당시 전화로 말미암아 잃어버린 것을 다른 가구나 서화를 잃은 것 보다 더 애석하다.

　내가 쓴 일기만은 아무리 대금을 주거나 노력을 하여도 다시는 구할 수

없는 문화재요, 나로서는 유일한 노후의 위안거리였던 까닭이다.

최초로 일기를 써 본 것은 보통학교 시절 여름방학 숙제로 썼던 때라고 기억된다.

이 일기는 나 자신을 위한 일기가 아니고 선생이 읽을 것을 전제로 하고 쓴 까닭에 진정한 생활기록이 아니고 에누리가 많았으며 때로는 날조까지 하였다.

기상시간은 으레 사실보다 한두 시간은 일찍 일어난 것으로 되어 있고, 아마 한 번도 해보지 않았을 아침체조와 집안 청소를 매일같이 실행한 것으로 썼다.

시냇가로 미역 감으러 간 것 원두막에서 참외 사 먹은 것, 산에 가서 새 잡은 것, 잠자리나 반딧불이 잡으러 다닌 이야기는 절대로 쓰지 않고 , 아침부터 숙제를 해놓고, 복습을 하고, 어른들 심부름을 다녔다는 선행으로만 가득 찼다.

본격적으로 일년내내 계속하여 쓰기는 중학에 들어가서부터였다.

당시에는 상용일기(常用日記)니, 문예일기(文藝日記)니, 문장일기(文章日記) 등을 그때 돈으로 50전만 내면 연감이나 백과사전을 겸한 아름다운 일기장을 사가지고 밤을 새워가며 그 내용을 읽어보는 것이 무한히 재미있었다. 그리고는 음력 설날, 추석날, 가족들의 생일날을 찾아보고 표를 하여둔다.

명절이나 생일이 일요일이든지 공휴일에 해당한 것을 발견하였을 적의 기분은 여간이 아니었다.

어느 해든가 책사(冊肆)에서 새 일기책을 고르다가 신안양식의 일기장을 발견하였다.

5개년 계속일기장이라는 것인데, 국판의 큰 책으로 동일일자(同一日字) 한 장에 5개년 간 기사란이 횡선으로 구획되어 있는 것이다.

7월 22일이라면, 상단으로부터 1957년, 58년 내지 61년까지 하단으로 내려가며 매년 같은 페이지에 쓰기 마련이어서, 일기를 쓸 적마다 전 해 전전 해의 일기를 읽을 수 있어 즉석에서 생활상과 사고방식이 변천되어가는 것을 의식할 수 있는 것이 흥미로웠다.

1년 별책으로 된 묵은 일기장을 찾아내어 읽는 폐단과 번잡이 없이 매일같이 과거 동일자 일기를 읽을 수 있다는 것은 비범한 착안이요 효과적이었다.

일생생활에 있어 5년이란 시간은 결코 짧지 않다. 더구나 발육기, 수양시대의 5년은 인생관이나 사색, 판단력에 있어 큰 차이가 있다는 사실을 그 일기를 읽는 동안에 절실하게 느껴졌고, 반성이 되며 진취성의 척도를 분명히 인정할 수 있는 것이 흥미 깊었다.

이 5년간 일기를 처음 사가지고 상단에서부터 순서로 내리 쓰자니까 해가 갈수록 하단이 오염되어서 나중에는 못 쓰게 되는 것을 알고 그 후에는 반대로 하단에서부터 역행하여 올라가서 5년 후에 최상단에 이르도록 하니까 이상적이고 효과적인 것을 발견하였다. 그래서 나는 짓궂게 발행소로 내 경험담을 소개하고 상향식으로 편집 인쇄하도록 권고한 일이 있다.

그후 내 희망대로 변경되는 것을 못 본 채로 해방과 동시에 없어지고 말았다.

국내업자에게 이런 식의 일기장을 제작 발매할 것을 요망하며, 특히 학생 제군에게는 그런 일기장이 발매되기 전이라도 보통 노트에다가 줄을 쳐서

5년간 일기장을 작성해 실행해 보기를 권고하고 싶다.

대학에 들어가면서부터 일기내용이 현저히 달라졌다. 종래에 '몇 시에 일어나서 조반을 먹고, 학교로 가서 무엇을 배웠고, 저녁에 어디 가서 놀고, 밤에 누가 놀러오고'식의 생활기록을 충실하게 묘사하던 것을 버리고 감상비판, 때로는 불평담, 반박문까지 쓰게 되었다.

따라서 지면이 제한된 종래 일기장을 사용치 않고 신축성이 있는 자유기록을 택하여 마음이 내키면 4,5페이지씩 쓰는 날도 있고, 염증이 나면 2,3일간 중단하는 수도 있는 형편이었다.

생각해보니 이런 방식이 진정한 가치 있는 일기인 것을 깨닫고 이래 이식이 되어버렸다.

일기용어는 처음에 일어로 쓰다가 대예시절(大豫時節)부터 국문으로 썼고, 그 후 어느 시기에는 장난으로 아는 어학지식을 통틀어서 하루는 국문으로, 다음날은 영어로, 다음날은 독일어로, 넷째 날은 일어로 쓰곤 하였다. 그러나 영어나 독일어는 실력부족으로 일일이 사전을 찾아야 함으로 신경질이 나고 내 건망증에는 실망하지 아니할 수 없다. 또 어느 때는 예언자처럼 내일 일기를 미리 써놓고 그대로 맞는가 안 맞는가를 맞추어보는 것이 재미있었고, 때로는 일기를 살리기 위하여 작전명령대로 행동하기 위하여 전날 써 놓은 대로 실행하느라 어리석게 애쓴 일도 있었다.

대학병원 외과 조수시대에, 문사이며 화가인 외우 웅초(熊超) 김규택(金奎澤) 군과 일기 쓰는 이야기를 하다가,

'일기는 문자로 기록하느니보다 그림으로 그려놓는 것이 인상적이니, 일일행사 중 대표적인 것을 한 가지 택해서 만화를 그려보라'고 권하는 바람에

그릴 줄 모르는 만화를 기사 한 귀퉁이 일기책 예정 란에 그려보았다.

과연 효과적이었다. 기사는 일일이 주워 읽어야만 머릿속으로 들어가는데, 서투른 만화라도 수년 후에 펴들어 보면 단박에 어떠한 장면인지, 무엇을 그린 것인지 용이하게 회상할 수 있었다.

나는 이상과 같이 여러 가지 방식과 체제로 각종각양의 일기를 써서 모아 놓고 후일 은퇴생활을 할 때나 꺼내어서 차곡차곡 순서 있게 읽어봄으로써 내 과거 행로를 추억 반성할 것을 유일한 낙으로 크게 기대하고 있었는데, 전화로 고스란히 태워버린 것은 통석불기(痛惜不已)이요 일대한사(一大恨事)이다.

내가 출세하여 크게 잘 될 공산은 없을 것이나, 사후 우연한 기회에 나의 청춘시절 로맨틱한 일기의 일절이 독자에게 공개되었을지도 몰랐을 것을, 없어진 것이 다행하기도 하여 '시원섭섭'하다는 것이 현재의 솔직한 심경이다. 그러나 나는 끝끝내 희망을 버리지 않고 그 후로 일기 쓰는 일과민은 실천하고 있다.

이미 황혼기에 들어간 소위 '덤으로 사는' 내 여생의 기록은 너무나도 단순하고 무미하여 별로 흥미도 의욕도 없지만, 40년간의 습관을 본능적으로, 기계적으로 계속하고 있다. 근래는 은행서 선물로 주는 회중일기(懷中日記)만 사용하고 있으니까 짐이 안 되어서 앞으로는 여하히 긴급한 경우라도 내 몸과 함께 따라다니게 될 것이 무엇보다도 다행이라고 생각하는 바이다.

2) 나의 일기장

<table>
<tr><td>월　일</td></tr>
<tr><td>

</td></tr>
</table>

<table>
<tr><td>월　일</td></tr>
<tr><td>

</td></tr>
</table>

2. 단 한 사람만의 독자를 위한 글

1) 편지

편지는 멀리 떨어져 있는 사람에게 보내는 글이다.
편지는 읽을 대상이 따로 있기 때문에 예의와 일정한 형식을 갖춘다.

서두 : 첫 인사, 날씨, 안부를 묻고 쓰는 이의 안부를 전한다.
사연쓰기 : 편지를 쓰게 된 동기와 용건, 받는 이에게 청하고 바라는
　　　　점 등을 쓴다.
결말 : 강조할 점을 다시 한번 짚어내고, 끝 인사, 쓴 날짜, 쓴 사람의
　　　이름 등을 쓴다.(＿＿드림, ＿＿올림, ＿＿씀 등)
추신 : 다 쓰고 나서 빠뜨린 사연이 있을 때 편지 끝에 덧붙여 쓰는
　　　글.

※ 편지쓰기의 유의점
① 편지는 상대방을 글로 만나는 일이므로 예의를 갖추어 써야 하는
　것은 물론 글씨를 깨끗하고 정성스럽게 써야 한다.
② 편지는 전하고 싶은 뜻을 상대방이 이해할 수 있도록 쉽고 정확하게
　쓴다.
③ 상대방이 윗사람일 경우에는 경어를 써야 한다. 그러나 엄격하게
　예의만을 따라 경직된 글을 쓰는 것은 삼가는 것이 좋다.

④ 편지에는 용건만이 아니라 쓰는 사람의 정감이 담기게 됨으로 부드럽고 호소력이 있게 쓰되 지나친 표현이나 점잖지 못한 용어는 삼가는 것이 좋다. 서로 마주 앉아 정답게 이야기하듯 쓰는 것이 좋다.

⑤ 편지에는 안부 편지 외에 축하, 위문, 격려, 문의 등 목적에 따라 쓰임이 다름으로 격식에 맞게 써야 한다. 공식적인 사무나 물품을 주문하고 질문에 답하는 글은 감정이 깃들지 않은 논리적이고 정확한 문장으로 요구에 따라 써야 한다.

⑥ 요즘도 편지는 친필로 정성스럽게 쓴 편지를 받아보기를 원하므로 가능하면 육필로 쓴 편지를 보내는 것이 좋다.

※ 예문

편지　　　　　-이창배[*]

　편지는 사람을 기쁘게 한다. 하루 일을 마치고 집에 돌아와서 몇 통의 편지가 책상위에서 기다리고 있는 것을 보면 , 그것을 뜯어보기도 전에 마음이 흐뭇해지고 당장 그날의 피로와 권태를 잊어버리게 된다. 그 편지들이 오래 격조했던 친구나 옛날의 제자들에게서 보내온 우정의 서書일 경우에는 두말할 필요도 없지만 그런 순수서한이 아닌, 가령 출판기념회나 결혼식의 통지

---

[*] 李昌培(1924~) 영문학자, 수필가, 번역문학가. 동국대 영문과 졸업. 〈20세기 영미 시의 이해〉〈엘리엇의 문학론〉〈영마수필선〉

서 또는 상업용 광고나 PR우편인 경우에도 그런 것이 하나도 없는 날보다는 기분이 좋다.

생활이 바빠서 정신없이 뛰어 돌아다닐 때엔 그런 감정을 체험하기 어렵지만, 오래 병석에 누워 있을 때나, 또는 별로 할 일이 없어 하루해를 보내기가 유달리 지루하게 느껴지는 방학 같은 때엔 특히 편지의 고마움을 절실히 느끼게 된다. 그런 때엔 아침저녁으로 우편배달 시간이 까마득히 기다려져서 몇 차례고 대문간에 나가 우편함을 열어 보곤 하는 때가 있다.

여러 해 전에 읽은 우리나라 작가의 단편에서 편지를 기다리는 심정을 취급한 작품을 읽은 적이 있다. 그 주인공은 기다려도 오지 않는 편지가 하도 그리워서 제가 제 집으로 편지를 써 보내고서 그것을 받아보는 재미로 다소의 위안을 받으며 산다는 내용이었다. 이 주인공과 같이 심한 권태와 고독의 생활을 해 보지 않은 사람에게는 이해하기 힘든 감정이지만, 대체로 사람은 고독을 견디기 어려운 것이 사실이다.

우리가 편지를 받는 순간에 흐뭇한 느낌을 갖는 것은 그 편지를 통하여 누군가가 자기의 존재를 알아주고 자기를 생각해주고 있는 것을 확인하기 때문이다. 그러니까 뜨거운 애정의 편지를 받으면 그만큼 자기를 사랑해 주는 사람이 있는 것이 기쁜 것이고, 근사한 파티나 오페라 같은 데의 초청장을 받으면 그만큼 자기가 중요시되고 있는 것을 확인하기 때문에 기쁜 것이다.

이렇게 생각해 보면 내가 편지를 기다리는 심경은 다분히 이기적이다. 나는 학교에서도 버릇처럼 사환 아이를 시켜 우편물을 찾아오라고 독촉을 하고 집에 와서도 책상위에 아무것도 와 있는 것이 없으면 그 날은 우편이 없는 것을 뻔히 알면서도 식구들에게 그것을 확인하곤 한다.

따지고 보면 내가 편지를 기다릴 만한 이유가 없다. 내가 최근에 누구에게 엽서 한 장을 낸 일 없으면서 공연히 편지를 기다리는 것은 틀림없이 공것을 기다리는 얌체의 심리다. 나는 손끝 하나 움직이지 않고 가만히 앉아서 남의 사랑을 받고 싶어 하고, 준 것 하나 없이 공짜티켓이나 기증본을 기다리는 것이니, 이것은 분명 이기주의적인 생각임에는 틀림없다. 내가 이런 생각을 하게 된 것은 몇 해 전부터다. 나는 크리스마스나 연말연시에 카드나 연하장을 보내는 일을 형식적인 일로 멸시하므로 외국인에게 더러 보내는 것 외로는 대체로 보내지 않는다. 그러면서도 내 자신이 받는 것은 무척 기뻐한다.

이럭저럭 제자도 많아지고 친지도 꽤 생기고 보니, 연말연시에는 상당히 많은 수의 카드를 받게 된다. 그 무렵에는 매일같이 수십 통의 우편물을 받는 재미로 꽤 흐뭇한 생활을 하게 되고, 제법 생활의 충만감 같은 것을 느끼게 된다.

그러나 이렇게 많은 카드를 받는 것으로 그쳤지 그 보내준 사람들에게 답례 하나 하는 일 없이 그때그때 지내온 것이다. 그들이 보내는 것을 당연하다고 생각하고 때로는 보낼 만한 사람이 카드 한 장 보내주지 않으면 서운하게까지 느끼면서도 나는 받고만 앉아서 흐뭇해 했으니 따지고 보면 나는 분명 대단한 욕심쟁이였던 것이다.

이것은 불과 몇 푼 안 되는 카드의 경우이지만, 내게 기증이 들어오는 값비싼 시집이나 기타의 서적에 대해서도 나는 답례는 고사하고 받았다는 엽서 한 장 보내지 아니하고 그저 받고만 마는 염치없는 생활을 해왔다.

이러한 자기중심적이고 이기적인 생활을 계속해 오는 중에 나는 그런 것을 위시한 지금까지의 여러 가지 생활태도를 많이 반성하게 된 것이다. 그것이 불과 몇 해 안되지만, 이제 나는 연말연시에는 미리 엽서를 준비해 놓았다가 꼬박꼬박 연하장에 답장을 보내고, 아무리 무명의 졸업생에게서 오는 편지라도 답장을 쓰도록 한다. 그리고 책을 기증받으면 받았다는 인사말 외로 간단한 느낌까지도 적어 보내고자 노력한다. 그러니 나는 무척 늦게서야 철이 난 셈일까?

받은 편지에 답장도 제대로 않고서 그저 편지만 기다린 자신이 이제사 반성하게 되었으니 한심한 일이다. 그 편지를 기다리는 대신에 내가 누군가에게 편지를 쓴다면 그것으로도 기쁘지 않겠는가. 나는 그것을 왜 실천은 고사하고 깨닫지도 못했는가.

세상에는 나와 같은 사람이 또 있지 않을까. 사랑을 받는 것으로만 알지, 주는 것으로는 생각하지 않는 사람이 의외로 많을지 모른다. 특히, 그런 경향이 지식인의 경우에 많은 것 같다.

그들은 노상 차디찬 이론과 지식 속에서 살아야 하고, 조그마한 사회적 지위를 유지하느라고 자기 합리화에 급급하다보면 어느덧 엘리트 의식 같은 우월감에 도취하게 되고, 이기적이고 오만한 자세가 자기도 모르게 몸에 스며 있는 것이 사실이다.

자기가 고독하고 우월하면 한껏 따뜻한 인정의 손길을 기다리면서도 남의 처지를 생각하는 일은 드물다.

모르면 몰라도 거기에서 손을 내미는 불구자나 거지에게 돈 몇 푼 집어주는 데도 지식인들이 제일 인색한 것이 아닐까.

이리하여 주로 입과 붓을 가지고 살아가는 교직자, 학자, 문필가들은 대체로 공소한 이론에 치우치고 실천력은 희박하여 자기모순에 빠진다.

그들은 사랑의 의미도 잘 안다.

사랑은 궁극적으로 남을 위하여 자기를 희생하는 종교적 사랑으로 귀결된다는 이론에 의하면 우리가 남에게서 편지 한 장이라도 받고서 기뻐하기 전에 나도 남에게 그러한 기쁨을 주어야 함은 두말할 필요도 없다.

그런 이론은 잘 알면서 그들은 실천면에서는 대체로 자기중심적이고 게으르다.

이런 말을 하게 된 이 시점에서도 나는 기껏 오는 편지에 답장 정도 하는 것뿐이지, 한 걸음 나아가 내가 먼저 편지를 보내어 상대방에게 기쁨을 줄 정도까지는 이르지 못했으니 나는 끝내 자기중심적이고 게으른 성격을 고칠 수 없는 것 같아 안타까울 뿐이다.

3. 수필쓰기와 수필 감상

수필은 작가의 체험을 바탕으로 한다. 실제적 체험은 작가의 상상력에 의해서 구축된다. 이 상상력이 내포된 함축적인 언어로 쓰일 때 수필도 문학적 향기를 지닐 것이다.

좋은 글이란 작가마다 개성의 언어에 달려 있고, 작가적 개성의 언어에 의해서 글이 지니는 느낌이나 감동이 달라진다고 생각할 수 있다.

창밖에선 여전히 눈이 싸르르 내리고 있다. 저 적막한 거리거리에 내가 버리고 온 발자국들이 흰 눈으로 덮여 없어질 것을 생각하며 나는 가만히 누웠다. 회색과 분홍빛으로 된 천장을 격해 놓고 이 밤에 쥐는 나무를 깎고, 나는 가슴을 깎는다.

- 노천명 〈설야산책〉

노천명의 수필에서 '이 밤에 쥐는 나무를 깎고, 나는 가슴을 깎는다' 한 대목이 겨울 밤 홀로 누운 한 여인의 외로움을 극명하게 드러내고 있다.

우리는 글을 읽으며 작가가 표현하려는 의도가 담긴 대목을 찾아내려고 노력한다. 그것이 작가의 사상이나 사색, 또는 색다른 체험의 교훈일 때 감동을 받는다. 그러나 그보다도 우리의 정서에 와 닿는 아름다운 문장으로 쓰인 글은 글의 내용과는 상관없이 읽는 이의 기쁨을 고조시킨다. 그것을 얻기 위해 글을 쓰고, 읽는다.

아무도 모르게 나만을 위하여 쓰는 일기의 자유로움은 편지라는 단 한 사람의 독자를 의식하고 쓸 때와는 다르다. 더욱이 세상의 모든 독자를 의식하고 쓰게 되는 수필은 더더욱 쓰기 힘든 글이다.

수필은 일상적인 경험의 정직한 기록이 아니다. 마음으로 보고 느낌으로 남겨진 체험에 근거하지 않는다면 수필로서의 문학적 위상이 약화될 수밖에 없다. 독자가 작품을 읽는 첫째 목적은 그 작품이 지닌 개성적인 언어에 의한 표현에 의존하는 것이지 이야기에 매이는 것은 아니다.

십여 매 원고에 인간의 삶과 진실을 모두 담아내려는 진정 다듬어진 글이 아니면 어찌 수필일 수 있을까.

1) 독자를 의식하고 쓰는 글, 수필

수필과 생활 – 유병석*

모든 문학이 생활의 반영 아닌 것이 없지만 특히 생활과 가장 밀접히 관련되어 있는 장르는 수필이다. 시·소설·드라마도 생활의 반영이요 표현이다. 그러나 그 반영의 방식과 표현 양식에 있어서 이것들은 수필과 다르다.

소설은 작가가 자기의 생활을 직접적으로 표현·전달하지 않는다. 허 생원이라는 기구한 장똘뱅이의 생활을 나타낸 것이 이효석의 〈메밀꽃 필 무렵〉이다. 우리 독자는 거기에서 허 생원의 생활에 접한다. 그러나 그것은 이효석 자신의 생활은 아니다. 작가 이효석은 창조주처럼 작품의 뒤에 숨어 버리고 우리는 거기서 엉뚱한 허 생원의 생활을 구경한다. 이효석은 보이지 않는 곳에 숨어서 허 생원을 조종할 뿐이다.

드라마도 이 점에서 소설과 크게 다를 바가 없다. 〈햄릿〉에서 우리는 셰익스피어의 생활을 구경할 수가 없다. 죽느냐 사느냐 고민하는 것은 셰익스피

---

* 유병석(1936~1999) 수필가, 국문학자. 한양대 교수. 수필문학에 〈용돈〉으로 데뷔(1974) 수필집〈차 한 잔에 담긴 세월〉 저서 〈염상섭 전반기 소설 연구〉

어가 아니라 그가 창조해 낸 '햄릿'이란 인물일 뿐이다. 우리 독자가 〈햄릿〉이란 드라마에 공감하고 감동하는 것은 '햄릿'이란 가공인물의 기구한 운명 때문이다. 이미 부귀와 명성을 누리고 유유자적하는 셰익스피어 때문이 아니다.

시에는 소설이나 드라마처럼 작가의 생활이 직접 드러나지 않는 부류의 것과 시인 자신의 생활이 직접 드러나는 부류의 것이 있다.

첫째 부류의 시는 소설이나 드라마처럼 시인 자신은 모습을 감추어버리고 등장인물로 하여금 판을 벌이게 조종하는 것이다. 한 편의 작은 드라마와 같은 시다. "나보기가 역겨워/ 가실 때에는/ 말없이 고이 보내 드리오리다"라고 말하는 인물은 시인 김소월이 아니다. 작중 인물일 뿐이다. '진달래꽃/ 아름따다 가실 길에 뿌리는' 행위의 주체가 헌헌장부인 김소월일 수 없다. '가시리 가시리잇고' 하면서 떠나는 임을 맘 놓고 원망조차 할 수 없었던 가냘픈 여인이 수백 년 후에 환생한 것 같은 그러한 한 많은 아낙네임에 틀림없다. 이런 의미에서 진달래꽃의 김소월은 이효석이나 셰익스피어와 별반 다를 바가 없다. 작중인물을 조종하는 작가일 뿐이다. 우리는 여기에서 작가 아닌 작중인물(가공인물)의 생활을 접할 따름인 것이다.

둘째 부류의 시는 소설이나 드라마와 달리 직접적으로 시인의 생활이 드러나는 것이다. 시인은 자기 자신의 메시지를 직접 독자에게 전달하는 경향이 있다. 시인 자신의 생활이 직접 드러난다. '하늘을 우러러 한 점 부끄럼이 없기를' 기약하면서 살아가는 윤동주 자신이다. 우리는 거기에서 '잎새에 이는 바람에도 괴로워'하던 나약한 식민지 지식인 윤동주를 목도한다. 윤동주가 창조해 낸 어떤 다른 작중인물이 '한 점 부끄럼 없기를' 기약하는 것이 아니다. '잎새에 이는 바람에도 괴로워'하는 허구의 인물을 구경하는 것이 아니다. 우리 독자는 바로 윤동주라는 자연인의 생활에 접하는 것이다.

수필은 어떠한가? 수필은 수필가 자신의 생활을 직접 그려낸다. 둘째 부류의 시와 유사하다. 수필가가 그의 수필에 담는 것은 자기 자신의 생활이다. 작중인물이 따로 있을 수가 없다. 수필을 일컬어 작가의 나상(裸像)이라 하는 까닭이 여기에 있다. 수필처럼 작가가 직접 드러나는 글이 어디에 또 있는가?

소설이나 드라마도 작가의 성격이 드러나긴 드러난다. 그러나 그것은 어디까지나 문체라든가 기법 등을 통해 간접적으로 흐릿하게 드러남에 그친다. 수필처럼 작가가 직접 자기의 생활을 말하는 것이 아니기 때문이다.

수필은 작가가 직접 나서서 말한다는 점이 중요하다. 독자를 직접 상대해서 말한다. 이 점에서 수필이 소설, 드라마, 첫째부류의 시와 다르다는 점은 두말할 필요가 없겠다. 시 중에서 수필에 가까운 둘째 부류의 시, 고백체 시(잠정 용어임)도 작가가 직접 나선다는 점에서 수필과 유사하지만 독자를 대하는 태도는 판이하다. 수필은 수필가와 독자의 직접 대화다. 화자와 청자가 대면하여 말하는 것과 같다. 그러나 고백체 시의 경우는 이와 다르다. 시인이 자신의 소회를 피력하긴 한다. 그러나 누구보고 들으라고 특정 대상을 상정한 것은 아니다. 말하자면 시인은 허공에 대고 자기의 소회를 피력할 뿐이고 독자는 이때에 시인의 독백을 뒤에서 엿듣는 존재와 같다. 시인이 시를 쓸 때 그는 수필가처럼 독자를 상정하지 않는다. 혼자의 독백을 허공에 띄워 놓고 그만두는 것이다. 그것을 엿듣는 존재가 시의 독자다.

이상에서 논술한 바를 요약하면 수필은 수필가 자신의 생활을 자신의 육성으로 독자에게 직접 전달하는 성격이 가장 뚜렷한 장르의 문학이다. 이 말은 곧 수필이 여타의 문학보다 생활과 밀접한 관계를 맺고 있는 장르라는 뜻이 된다. 실제로 우리의 경험이 이를 증명하고 남음이 있다. 김소운의 전부를 알기 위하여 우리는 그의 몇 권의 수필집을 읽으면 충분하다. 그러나 수십 편의 소설을 죄다 읽어도 우리는 작가 염상섭의 생활을 알 수 없다. 염상섭 연구자는 그가 써 놓은 회고록이나 교우록 등속에—이것이 수필이 아니고 무엇인가—의존한다.

수필은 수필가의 생활이 곧 소재다. 수필가는 자기의 생활을 소재로 수필을 쓴다. 그러면 모든 생활이 다 수필이 되는가? 그럴 수는 없다. 아무거나 생활이면 다 수필이 될 수 없다. 우리의 생활이라는 것이 그지없이 사소하고 하찮은 것들 투성이가 아닌가? 특별한 생활이면 수필의 소재가 된다. 그러나 특별한 생활을 영위하는 사람만이 수필을 쓸 수 있다는 말은 아니다. 하찮은 생활의 더미 속에서 값진 것을 발견해내는 밝은 눈이 있으면 된다. 금괴가 그대로 굴러 있는 노천 금광은 그리 흔하지 않다. 대부분의 금광은 땅 속 깊은 곳에 있다. 깊은 땅 속을 뚫고 들어가 바위에 싸라기처럼 박힌 금싸라기를 쪼아 내게 되어 있다. 이런 뜻에서 세계적인 에세이스트 임어당이 그의 에세이집에 '생활의 발견'이라 표제를 붙인 것은 아주 잘 된 일이다.

생활의 발견만으로 좋은 수필이 완결되는 것은 아니다. 발견된 생활의 가치를 부여하고 그것의 의미를 해석하는 과정이 따라야 좋은 수필이 된다. 이것이 잡문과 수필을 구획하는 경계선이다. 일반론적으로 말하면 생활의 발견은 소재 선택이요 그것의 가치 부여가 주제설정이다.

소재선택이 먼저 있고 주제설정이 뒤에 따라오는가, 아니면 주제가 먼저

설정되어 거기에 걸맞는 소재가 나중에 선택되는가 하는 것은 그리 고심할 일이 아니다. 사실은 소재선택과 주제설정은 동시에 이루어지는 일이 흔하다. 잡다한 생활 속에서 소재가 선택될 때-생활이 발견될 때- 이미 그 생활은 의미부여가 이루어져 있는 것이다. 하찮은 생활에 의미가 부여되는 순간이 곧 생활이 발견되는 순간이요 수필이 탄생하는 순간이다.

주제를 지팡이에, 소재를 막대기에 비유할 수도 있을 것이다. 지팡이가 필요한 사람이 주변을 두리번거리다가 적당한 막대기를 찾아드는 수도 있다. 그저 지나치기 아쉬운 막대기를 우연히 주웠기 때문에 그것을 지팡이로 요긴히 쓰는 수도 있다. 가장 흔한 일은 적당한 막대기를 만나는 순간, '아, 이걸 지팡이로 쓰면 안성맞춤이겠구나!' 하고 탄성을 지르는 경우일 것이다. 지팡이의 용도를 모르는 사람에게, 지팡이의 필요성이 없는 사람에게, 지팡이와 막대기의 상호 연관성을 모르는 사람에게는 막대기는 그대로 막대기로 남은 채 굴러 있게 될 것이다. 기성 상품의 지팡이어야만 지팡이 기능을 하는 것이 아님을 아는 것이 수필가의 밝은 눈이다.

생활인이면 누구나 쓸 수 있는 글이 수필이고 생활인이면 누구에게나 읽히는 글이 수필이다. 수필은 밝은 눈에 보이는 생활의 모습이요 생활인의 눈을 밝게 하는 글이다. 생활을 발견하고 거기에 가치와 의미를 부여하여 전달하면 수필이 된다.

어떻게 효과적으로 전달할까, 어떻게 기막히게 표현할까 하는 것은 그 다음의 문제이며 그리 중요한 기본 문제도 아니다.

隨筆 — 이태준

수필이란 수의수제(隨意隨題)의 글이다. 논조를 밝히고 형식(形式)을 채릴 것 없이, 우연욕서격(偶然欲書格)으로 , 한 감상(感想), 한 소회(所懷), 한 의견(意見)이 문득 솟아오를 때 설명(說明)으로 되든, 묘사로 되든, 가장 솔직(率直)한 대로 표현(表現)하는 글이다. 솔직(率直)하기 때문에 논문(論文)보다 오히려 찌름이 바르고 날카롭고, 형식(形式)에 잡히지 않기 때문에 아름다운 시경(詩境)이나 가벼운 경구(警句), 유머가 적나(赤裸)하게 나타나 버린다. 그래서 어떤 사람은, 수필(隨筆)을 강의(講義)나 연설(演說)이 아니라 좌담과 같은 글이라, 혹은 정식(定食)이나 회석요리(會席料理)가 아니라 일품요리(一品料理)와 같은 글이라 하였다. 근리(近理)한 비유(比喩)이거니와 단적(端的)이요 소야(疎野)해서 필자(筆者)의 면목(面目)이 첫마디부터 드러나는 글이 이 수필(隨筆)이다. 그 사람의 자연관(自然觀), 인생관(人生觀), 그 사람의 습관(習慣), 취미(趣味), 그 사람의 지식(知識)과 이상(理想), 이런 모든 ‘ 그 사람의 것’이 직접(直接) 재료(材料)가 되어 나오기 때문이다. 누구에게 있어서나 수필(隨筆)은 자기(自己)의 심적(心的) 나체(裸體)다. 그러니까 수필(隨筆)을 쓰려면 먼저 ‘자기(自己)의 풍부(豊富)’가 있어야 하고 ‘자기(自己)의 미(美)’가 있어야 할 것이다. 세사만반(世事萬般)에 통효(通曉)해서 어떤 사물(事物)에 부딪치든 정당(正當)한 견해(見解)에 빨려야 할 것이요 정당(正當)한 견해(見解)에선 한걸음 나아가 관찰(觀察)에서나, 표현에서나 독특(獨特)한 자기(自己) 스타일을 가져야 할 것이다.

—〈문장강화〉 중에서

바둑이와 나 - 최순우

6·25 사변이 일어난 이듬해 3월에, 서울은 다시 수복되었다. 내가 군용기 편에 겨우 자리 하나를 얻어 단신單身 서울에 들어온 것은, 비바람 음산한 3월 29일 저녁 때, 기약할 수 없는 스산한 마음을 안고 서울을 떠난 지 꼭 넉 달이 되어서였다. 나는 그 날, 멀리 으르렁거리는 포성을 들으며, 그 칠흑 같은 서울의 밤을 어느 낯모르는 민가에서 지새웠다.

다음 날은, 전쟁의 불길 속에 두고 간 우리 박물관의 피해를 조사하느라 여념이 없었다. 그리고 그 다음 날, 조사 보고서를 써서 군용기편으로 부산에 부치고 나니, 겨우 마음의 여유가 생겨, 경복궁 뒤뜰에 있는 우리 집을 찾아 가기로 했다. 평시와 다름없이 문을 꼭 닫아두고 떠난 나의 서재, 독마다 가득히 담가 놓고 간 그 싱그러운 보쌈김치, 나는 이런 것들이 고스란히 남아 있으리라고는 기대하지 않았다. 아니, 없어졌어도 좋다고 생각했다. 다만, 내 마음은 빈 집에 홀로 두고 간 가엾은 우리 바둑이의 생각으로 가득 차 있을 뿐이었다.

마른 잡초가 우거진 경복궁 옛 뜰은 전이나 다름없이 봄볕이 따스한데, 굶주린 고양이가 인기척에 놀라 달아났다. 나는 집을 향해 마른 풀밭을 걸었 다. 저만큼 우리 집에 해묵은 기왓골이 보일 무렵, 나는 야릇한 감상에 젖어, 고향의 노래라도 부르고 싶은 심정이었다.

나의 집은 무서우리만큼 조용했다. 나의 시선은 우선 천천히, 다가오는 대청과 건넌방 쪽마루를 더듬었다. 그 때 나는, 그만 소스라치게 놀라지 않을 수 없었다. 바로 그 쪽마루 위에, 두고 간 우리 바둑이가 납작하게 너부러져 있었기 때문이다. 제가 늘 즐겨 앉아 있던 그 자리에 … 바둑이는 자기를 버리고 간 매정스러운 주인의 빈 집을 지키다가 그만 굶주림에 지쳐 죽었구나 하는 생각이 내 머리를 스쳐 갔다. 나는 나도 모르게 '휘 휘 휘요'하고 휘파람을 불었다. 아, 이게 바로 기적이란 것인가? 말라비틀어진 물걸레 같은 바둑이의 시체가 머리를 번적 들고 나를 알아본 것이다. 바둑이는 비틀거리며 뛰어내려와 내 발밑에서 대굴대굴 굴렀다. 사뭇 미친 듯 했다. 나는 바둑이를 덥석 껴안았다. 내 눈에선 뜨거운 눈물이 왈칵 솟았다. 바둑이는 그 슬픈 눈으로 내 눈길을 더듬으며, 그 마른입으로 내 볼을 마구 비벼댔다.

"오냐, 다시는 다시는 너를 두고 가지 않으마." 나는 외치다시피 이렇게 말했지만, 목소리가 입에서 나오지 않았다.

넉 달 전 우리가 서울을 떠날 때, 떨어지지 않으려는 바둑이한테 나는 "집 잘 보고 있거라. 곧 돌아올게, 응." 하고 달래면서, 몇 말의 먹이와 함께 이웃집에다 맡겼었다. 그러나 그 후 며칠 못 가서, 이웃집마저 바둑이를 혼자 두고 피난길을 떠났던 것이다. 그 후, 나는 바둑이를 얼마나 걱정했는지 모른다. 그리고 결국은 죽었으리라고 생각했던 것이다. 그 넓은 고궁 속, 춥고 배고픈 한 겨우내, 공포만이 깃들이는 어둡고 외로운 밤들을 우리 바둑인 어떻게 참고 견뎠을까?

나는 바둑이를 안고 거리로 뛰어나갔다. 하지만 아무리 찾아보아도 텅 빈 서울거리엔 바둑이가 먹을 만한 게 없었다. 나는 밥을 지었다. 그러나 바둑이는 먹지 못했다. 굶주림에 지친 그 어린 창자는 아직 곡기를 받아들일 수가 없었던 모양이다. 이틀이 지나서야 바둑인 겨우 밥을 먹기 시작했다.

기운을 차린 바둑이는 잠시도 나를 떠나지 않았다. 나는 바둑이와 함께 텅 빈 경복궁 안의 인기척 없는 빈 집에서 지냈다. 바둑이가 없었던들 그 어둡고 무서운 밤들을 나는 아마 감당하지 못했을 것이다.

바둑인 옛날 그대로, 방 안에는 못 들어오는 것으로 알고 있었다. 내가 어두운 방 안에 덩그러니 누워서 먼 포성을 들으며 뒤척이자면, 바둑인 내가 벗어 놓은 군화 위에 웅크리고 앉아 쌔근거렸다. 때때로 문을 열고 회중전등으로 얼굴을 비춰 주면, 바둑인 군화 위에 웅크린 채 꼬리를 살래살래 흔들며 좋아했다. 방석을 주어도 마다하고 군화 위에만 올라앉아 그 불편한 잠자리를 길들이던 바둑이… 그것은 아마도 한시도 떨어지기 싫은, 그리운 주인의 체취를 맡으려는 것이었을까? 아니면, 겉으로는 다정한 체하면서도 막상 급할 때가 오면, 자기를 사지死地에 버리고 훌쩍 떠나는 주인이 못 미더워, 그 군화를 지키자는 것이었을까?

4월 하순 어느 날, 다시 공산군의 공세가 시작되었다. 밤새 우레 같은 포성이 쉴 사이 없었고, 시청 앞을 지나는 군용 차량들의 다급한 소리가 끊이지 않았다. 그 이튿날 저녁, 서울은 온통 칠흑 같은 암흑 속, 산 너머로 섬광은 번뜩이는데, 피난민으로 수라장을 이루었다.

바둑이는 그 동안 나와 함께 두 끼를 굶고도 그림자처럼 나를 따랐다. 이번만은 결코 놓치지 않겠다는 것 같았다. 나는 바둑이를 안고, 최후의 철수 열차에 연결된 박물관 소개 화차에 올랐다. 가마니쪽에 환자를 뉘고 열차 겉으로 끄는 여인들의 처절한 모습, 태워 달라고 발을 동동 구르며 울부짖는 아낙네들의 모습, 나는 바둑이를 꼭 안고 그들을 바라보았다. 어쩌다 우리는 이런 꼴을 당하는가?

기차는 그 밤에 떠나지 못했다. 수십 량의 소개 화차를 연결하느라 밤새도록 앞걸음질 뒷걸음질, 그동안에 날이 샌 것이다.

화차가 연결될 때마다 그 소리와 충격은 대단했다. 그때마다, 바둑인 한 번 덴 가슴이라 깜짝깜짝 놀랐다. 거기다, 가까워진 포성과 우레 쏟아지는 듯한 폭격소리가 더해지자, 바둑이는 이제 더는 그 불안과 공포를 이겨낼 수가 없었던 모양이다. 갑자기 또 한 번의 충격이 있자, 그 순간, 바둑인 놀란 토끼처럼 내 품을 벗어나서, 반쯤 열린 문틈으로 화차 밖으로 뛰어나갔다. 그리고는 달려갔다. 나도 반사적으로 화차에서 뛰어내려 바둑이를 따라 달렸다. 숨이 턱에 차서 내가 지칠 무렵에야 바둑인 겨우 달리던 걸 멈추고는 발랑 누워서 용서를 빌었다.

나는 바둑일 허리에 끌어안고 뒤를 돌아다보았다. 기관차는 아득히 먼데, 기적은 연거푸 울었다. 나는 또 뛰었다. 기차가 우리를 버리고 떠날까 봐, 기차가 달릴 철로 위를 되돌아 뛰었다. 내가 헐떡이며 기관차 앞에 닿았을 때 기관사는 이 판국에 강아지 한 마리가 다 무어냐고 고함을 쳤지만, 나는 사과할 겨를도, 기운도 없었다.

불쌍한 우리 바둑이를 또다시 이 사지에 버리고 떠날 수 없는 내 심정을 그가 알 까닭이 없었다.

최순우(崔淳雨 ; 1916~   ) : 미술 비평가 · 미술사학자, 1945년 이래 국립박물관에서 한국 미술사 연구. 이화여자대학교, 동국대학교, 경희대학교 미술 강사 등을 역임했다. 저서에 「한국 불교 회화」, 「고려 청자 연구」, 「이조 회화」등 다수가 있다.

전쟁의 포화 속에서 어린 바둑이를 놓아두고 떠난 글쓴이는 바둑이를 걱정하는 순수한 마음을 간직하고 있었다. 전쟁터에 버리고 떠난 미안한 마음, 그처럼 우리 이웃을 잃어버린 절박한 상황에서도 우리의 마음을 흐뭇하게 한다.

나이가 들어갈수록 순수하고 아름다운 마음을 잃어가지만 작가는 잃지 않고 있다.

간단한 줄거리이면서도 배경 설명, 상황 묘사가 뛰어나며 감정의 배출과 이해가 자연스럽게 이루어지고 있는 감동적인 글이다.

※ 예문

글을 쓴다는 것 　　　　　－변해명

책상 앞에 앉는다. 기도하는 자세로 마음을 가다듬는다. 그리고 글을 쓰기 시작한다. 무엇을 쓸 것인가는 이미 메모가 되어 있다. 그런데 첫 줄부터 글이 막힌다. 몇 줄 쓰다 버리고 다시 시작한다. 그러나 마음에 들지 않아서 지우고 새로 시작한다. 쓰다 지우고, 쓰다 버리고, 다시 쓰다 또 버리고…. 그러기를 여러 번. 때로는 끝내 쓰기를 포기한다. 마음을 털고 자리에서 일어선다. 쓰기를 그만두니 마음이 편하다. 그런데 그 편안함도 잠시 나는 어느새 한 생각에 이끌려 책상 앞에 앉아 있다. 쓰지 않고는 견딜 수 없는 그 무엇이 나를 이끄는 것일까.

라이너 마리아 릴케가 〈젊은 시인에게 보내는 편지〉에서, 쓰지 않고는 죽을 것 같은 심경이면 쓰라고 이르는 말이 생각난다.

글을 쓸 수 없게 되면 차라리 죽음을 택하겠는지 스스로에게 물어보십시오. "나는 글을 꼭 써야 하는가?" 깊은 곳에서 나오는 답을 얻으려면 당신의 가슴 깊은 곳으로 파고 들어가십시오. (중략) 당신이 "나는 써야만 해."라는 강력하고도 짤막한 말로 답할 수 있으면 당신의 삶을 이 필연성에 의거하여 만들어 가십시오.

"임금님 귀는 당나귀 귀!"를 외치고 싶어 갈대숲으로 가던 마이다스왕의 이발사처럼, 말을 하지 않고는 견딜 수 없을 정도로 그렇게 절박하고, 목숨과 바꿀 만큼 절실하게 말하고 싶어 쓰지 않고는 견딜 수 없는 것이 지금 내가 쓰고자 하는 것인지 되돌아본다.

나는 지금도 모두 잠든 밤, 책상 앞에 앉아 그런 글쓰기를 반복하고 있다.

뭘 했니?/ 여기 이렇게 있는 너는/ 울고만 있는 너는//

말해 봐, 뭘 했니?/ 여기 이렇게 있는 너는/ 네 젊음을 가지고 뭘 했니?//

폴 베르렌느의 〈하늘은 지붕 위로〉 시구가 나를 다그친다. 그렇게 보낸 세월 속에서 내 청춘을 어찌하였는지 묻고 있다. 나는 아무 대답도 못한다. 주머니 속의 손때 묻은 글자들을 뽑아내어 짝을 맞추는 데 열중한 도박의

긴 시간을 보냈다는 말을 씹어 삼킨다.

도박! 어쩌면 요행을 바라 글자들로 패를 맞추고 대박을 만나려는 요행에 매달려 온 것은 아닌지. 그래서 나는 글을 쓴다는 미명 아래 내 청춘을 낭비했는지 모른다.

우리 집 다람쥐 두 마리는 매일 쉬지 않고 우리 안의 바퀴를 돌린다. 쳇바퀴 돌리듯 둥근 바퀴 안으로 들어가 하루 종일 바퀴를 돌린다. 눈만 뜨면 여정에 오른다. 얼마나 먼 길을 간다고 생각하는 것일까. 쉬지 않고, 언제나 바퀴에 올라 갇힌 우리를 벗어나고 싶어 먼 길을 떠난다.

아무리 벗어나려 해도 그 자리에 서 있는 자신들, 그들의 수레 속으로의 긴 여행처럼 일상이란 수레바퀴를 돌리며 언제나 그 자리에 서 있는 자신, 그런데 멀고 긴 세월을 돌아 오늘에 선 듯 글을 쓰려 한다. 아무리 노력을 해도 나 이상일 수 없는데 나는 그것을 넘어서려 몸부림치는가 보다.

앙그레 지드의 ≪지상의 양식≫을 펼쳐 든다. 읽을 때마다 한없이 작아지는 나와 만난다. 벗어나고 싶다. 그때마다 자꾸 외로워지기만 한다. 살아오면서 많은 책을 읽으며 얼마나 마음이 풍요로웠고 또 행복했었는지, 그 많은 기억들을 간직하고 오늘을 살아가면서 읽는 기쁨을 공유하고 싶어 글을 쓰려고 하는데…

오늘도 책상 앞에 앉아 기도하듯 마음을 가다듬는다. 다람쥐 쳇바퀴처럼 일상을 벗어나지 못하고 오직 고뇌만을 안고 가는 길일지라도 먼 여행길에 오르듯 진리를 찾아 길을 떠난다.

글을 쓴다는 것, 한없이 외로운 나그네의 길일 뿐인데.

4. 수필 직접 써보기

① 나의 어린시절

VI. 수필문학의 올바른 방향

　수필이 시나 소설과 같이 문학 장르로서 독자들의 관심을 불러일으킬 수 있으려면 무엇보다 먼저 글이 좋아야 한다. 발표의 지면도 수필일 경우 수필가에게만 주어져야 하고, 수필작품에 대한 비평이 시나 소설처럼 평론가의 비평도 있어야 한다.

　나라마다 문단에 나와 작가로서 인정받으며 활동하는 방법이 다소 다르기는 하지만 우리의 경우 신문을 통해서든 잡지를 통해서든 아니면 스스로 작품집을 만들어 내서든 작품이 독자들에게 읽히고 인정받게 될 때 비로소 작가가 되는 것이다. 그러나 좋은 작품의 계속적인 발표와 독자(평론가)로부터 질책과 성원의 매와 박수를 받아가면서 작품을 써갈 때 비로소 작가의 자리가 마련된다고 본다.

　그런데, 요즘 우리의 수필문학의 경우 각종 문예잡지를 통해서 등단하게 되는 경우가 대부분인데 이들 잡지들이 추천해서 쏟아내는 작가들이

한 달에도 몇 십 명에 이르고 보니 남들이 작가로 인정하기 전 스스로 작가라고 자처하는, 수필을 쓴다는 인구가 많이 늘어나고 있다.

수필 추천을 완료하고 세상에 얼굴을 들어내는 사람들이 많으면 많을수록 수필문단이 발전되어 나가야 하는데 그렇지만도 아닌 것 같다. 작품 한 편으로 기성 작가라도 되는 양 자가당착에 빠져 공부도 작품을 다듬는 노력도 하지 않고 작품을 쓰기보다 문단인과의 만남이나 외부로 자신을 드러내려는데 더 힘쓰는 신인들이 있어서이다. 기성작가가 쓰지 못한 작품 세계를 열어갈 신인들이어야 하는데 그런 기대를 저버리게 하고 동시에 현재도 열악한 우리 수필문단을 심히 걱정스럽게 만드는 결과를 가져오는 신인들이 많기 때문이다.

작가는 무엇보다 작품이 우선하여야 한다. 신인들의 작품이 나만 못하다는 선입관을 가진 기성인들이 있어서도 안 된다. 신인들은 참신한 기풍을 불어넣어야 하고 기성인들은 탁월한 작품세계를 보여줘야 한다. 그러면서 어우러져 작품에 대한 진지하고 냉엄한 비판이 가해질 때 모두는 좋은 글을 쓰게 되고 독자(평자)의 관심도 높아지고 수필 문학의 장르도 발전하게 될 것이다.

프랑스의 작가 쟝 그르니에 (Jean Grenier)의 수필집 〈섬〉이나 〈어느 개의 죽음에 관하여〉를 읽어 보면 우리가 생각하고 쓰고 있는 수필의 개념과 많이 다름을 느낄 수 있다.

다른 소재의 수필들이 한 책에 담겨, 그 짧은 글들이 하나의 일관된 주제로 묶여 독자로 하여금 큰 울림으로 사색하게 만드는 특성을 지니고 있다. 우리의 수필형식과 다를 바 없지만 짧은 글들에 담기는 일관된 작가의 사색의 흐름이 다르다. 또, 이야기에서보다 그의 문체에서 수필의 격이 달라진다. 수필을 엮어내는 문체가 시어보다도 더 섬세하고 암시적이고 함축적인 것이 우리의 수필과 다른 점으로 받아들여진다.

알베르 까뮈는 〈섬〉의 서문에서, 그르니에 수필이 얼마나 높은 문학성을 지닌 명작인가를 본인이 받은 충격으로 말하고 있다.

내 나이 스물이었을 때 나는 처음으로 이 책을 읽었다. 나는 그때 아찔했다. 이 책은 나와 나의 많은 친구들에게 영향을 끼쳤다. 그 아찔함과 영향을 나는 다만 지드의 〈지상의 양식〉이 한 세대에 걸쳐 끼친 그 충격과 견주어 볼 수 있을 뿐이다.

한 세대에 끼친 충격과 견주어 볼만하다는 그르니에의 〈섬〉은, 이름은 알 수 없으며 어디에 있는지도 알 수 없는 섬을, 여행 그 자체밖에는 아무런 다른 목적이 없는 여행들을, 분명한 진술이 아닌 단순하고 간결한 문체로, 비길 데 없는 힘과 섬세한 암시로 쓰고 있다.

이야기해 버린 것이라고는 하나도 없는, 그리고 나서 우리들 자신이 스스로 좋을 대로 해석하도록 맡겨두는 이야기들, 우연히 길에서 만나, 오랫동안 삶을 나누어 온 한 떠돌이 개의 죽음을 앞에 두고 그르니에는 〈거의 아무것도 아닌 것에〉서 우리의 사색을 이끌어내고 감동하게 하고 우리 삶의 구석구석의 사물들을 되새김질해 보게 하는 것이다.

지금까지 우리가 보아왔던 사실들 그렇게밖에 볼 수 없었던 것으로부터 생각을 되씹어 보게 하고 새롭게 바라보게 하는 개안을 갖게 하는 감동과 충격은 어디서 오는 것일까?

이런 감동은 수필 말고는 어느 문학의 장르에서도 흉내낼 수 없을 것이다. 수필의 문장이 이토록 아름답게 다듬어지고 쓰일 수 있다는 것은 수필의 특징인 사색의 깊이와 글의 기본이 되는 문장수업과 문학이 무엇이며 문학을 형성하는 언어가 일상어와 어떻게 다른가의 기본적인 생각이 작가들로부터 재인식되어졌을 때 가능하다고 본다. 미국의 수필가 린드버그의 〈바다의 선물〉에서 바닷가의 조개껍질 하나에서도 우주를 지배하는 진리의 응고를 읽어내는 혜안을 가지고 수필을 쓴 것처럼 소라 하나에서도 나의 마음의 내부에로 이르는 사색의 나선 계단 위로 올라가는 것으로 파악하는 것처럼 바다에서 만나는 모든 것들로부터 인생의 깊이 있는 이야기를 이끌어나가는 작가의 작업이 있게 될 때 우리의 수필도 아무것도 아닌 신변의 이야기들로도 사색과 감동과 긴 여운을 남길 수 있는 수필이 쓰이게 될 것이다.

작가의 눈에 비친 개별적인 것의 가치로서 보편적인 것과 대화할 수 있는 진실을 자신의 문체로써 이끌어낼 때 우리의 수필문학은 문학의 한 장르로서 평론가의 관심을 불러올 수 있을 것이다. 그리고 글의 기본도 되지 않은 상태에서 수필이라고 발표하는 작가들이 지면을 차지하는 세태도 사라지게 될 것이다.

기성인들보다 더 잘 쓰는 신인, 신인들이 아무리 따라가려 해도 따를 수 없는 기성인, 모순되기는 해도 그런 자부심으로 수필이 쓰이는 풍토가 형성된다면 우리 수필문학의 장래는 밝을 것이다.

한글 맞춤법, 띄어쓰기, 문장부호

한글 맞춤법, 띄어쓰기, 문장부호

1. 한글 자음이름

ㄱ-기역 ㄴ-니은 ㄷ-디귿 ㄹ-리을 ㅁ-미음 ㅂ-비읍 ㅅ-시옷 ㅇ-이응 ㅈ-지읒 ㅊ-치읓 ㅋ-키읔 ㅌ-티읕 ㅍ-피읖 ㅎ-히읗

※ 이 중에서도 특히 'ㅌ ㅌ'은 '티 '이 아니라 '티읕'으로 발음해야 함.

2. '~습니다'와 '~읍니다'

'~습니다'와 '~읍니다'일 경우 무조건 '~습니다'로 쓰면 된다. 그런데 '있음, 없음'을 '있슴, 없슴'으로 쓰는 것은 잘못이다. 이때에는 항상 '있음, 없음'으로 써야 한다.

3. '~오'와 '~요'

종결형은 발음이 '~요'로 나는 경우가 있더라도 항상 '~오'로 쓴다. 돌아가시오, 주십시오, 멈추시오 등. 하지만 연결형은 '~요'를 사용해야 한

다. 예를 들면, "이것은 책이요, 그것은 펜이요, 저것은 공책이다."의
경우에는 '요'를 써야 한다.

4. '안'과 '않~'

'안'과 '않'도 혼동하기 쉬운 우리말 중의 하나다. '안'은 '아니'의 준말,
'않'은 '아니하'의 준말이라는 것만 명심하면 혼란은 없을 것이다. 예를
들면, "우리의 소비문화를 바꾸지 않으면 안 되겠다."

5. '~이'와 '~히'

깨끗이, 똑똑히, 큼직이, 단정히, 반듯이, 가까이 등의 경우 '~이'로 써야
할지 '~히'로 써야 할지 구분이 잘 안 된다. 구별하기 쉬운 방법은 '~하다'
가 붙는 말은 '~히'를, 그렇지 않은 말은 '~이'를 붙여 쓴다. 그러나 '~하
다'가 붙는 말이지만 '~이로' 써야 하는 것이 있다.

깨끗이　너부죽이　따뜻이　뚜렷이　지긋이　큼직이　반듯이
느긋이　버젓이

6. '붙이다'와 '부치다'

붙이다는 서로 맞닿게 하다, 두 편의 관계를 맺게 하다, 암컷과 수컷을
교합시키다, 불이 옮아서 타게 하다, 노름이나 싸움 따위를 하게 하다,
딸려 붙게 하다, 습관이나 취미 등이 익어지게 하다, 이름을 가지게 하다,
뺨이나 볼기를 손으로 때리다란 뜻을.

부치다는 힘이 미치지 못하다, 부채 같은 것을 흔들어서 바람을 일으키

다, 편지나 물건을 보내다, 논밭을 다루어서 농사를 짓다, 누름적·저냐
따위를 익혀 만들다, 어떤 문제를 의논 대상으로 내놓다, 원고를 인쇄에
넘기다 등의 뜻을 가진 말. 편지를 부치다. 논밭을 부치다. 빈대떡을
부치다.

    식목일에 부치는 글입니다.　　회의에 부치기로 한 안건입니다.

    우표를 붙이다.　　　　책상을 벽에 붙이다.

    흥정을 붙이다.　　　　불을 붙이다.

    조건을 붙이다.　　　　취미를 붙이다.

    별명을 붙이다.

7. '~율'과 '~률'

모음이나 ㄴ으로 끝나는 명사 다음에는 '~율'을 붙여 백분율, 사고율,
모순율, 비율 등으로 쓰고, 받침을 제외한 받침 있는 명사 다음에는 '~률'
을 붙여 도덕률, 황금률, 취업률, 입학률, 합격률 등으로 쓴다.

8. '띄다'와 '띠다'

띄다는 띄우다, 뜨이다의 준말.

    띄우다는 물이나 공중에 뜨게 하다, 공간적으로나 시간적으로 사이를 떨어지
게 하다, 편지·소포 따위를 보내다, 물건에 훈김이 생겨 뜨게 하다 등의
뜻을, 뜨이다는 감거나 감겨진 눈이 열리다, 큰 것에서 일부가 떼내어지다,
종이·김 따위가 만들어지다, 무거운 물건 따위가 바닥에서 위로 치켜 올려지
다, 그물옷 따위를 뜨게 하다, 이제까지 없던 것이 나타나 눈에 드러나 보이다

란 뜻을 지니고 있다.

9. '반드시'와 '반듯이'

반드시는 어떤 일이 틀림없이 그러하다라는 뜻을 가진 말.

나무를 반드시 잘라라.

반듯이는 작은 물체의 어디가 귀가 나거나 굽거나 울퉁불퉁하지 않고 바르다,

물건의 놓여 있는 모양새가 기울거나 비뚤지 않고 바르다는 뜻을 나타내는

말이다.

고개를 반듯이 드십시오.   나무를 반듯이 잘라라.

10. '며칠'과 '몇일'

오늘이 며칠이냐? 라고 날짜를 물을 때 며칠이라고 쓰고, 몇 일은 의문의

뜻을 지닌 몇 날을 의미하는 말로 몇 명, 몇 알, 몇 아이 등과 그 쓰임새가

같다.

10일 빼기 5일은 몇 일이죠?

11. '돌'과 '돐'

종래에는 '돌'과 '돐'을 구별하여 사용했으나 새 표준어 규정에서는 생일,

주기를 가리지 않고, '돌'로 쓰도록 규정하였다.

12. '~로서'와 '~로써'

'~로서'는 자격격 조사라고 하고, '~로써'는 기구격 조사라고 한다. 예를

들어 "그는 회사 대표로서 회의에 참석했다."라는 문장에서 쓰인 '대표로서'는 움직임의 자격을 나타내는 말 자격이란 말은 지위·신분·자격, 또 "우리 회사는 돌로써 지은 건물이다."라는 문장에서 쓰인 '돌로써'는 움직임의 도구가 되는 것을 의미, 이 도구란 말도 세분해 보면 도구·재료·방편·이유 등이 된다.

13. '~므로'와 '~ㅁ으로'

'~므로'는 하므로/되므로/가므로/오므로 등과 같이 어간에 붙는 어미로, ~이니까/~이기 때문에와 같은 '까닭'을 나타내고, '~ㅁ'으로는 명사형 ~ㅁ에 조사 으로가 붙은 것으로 이는 ~는 것으로/~는 일로와 같이 '수단·방법'을 나타내는 말.

"그는 열심히 공부하므로 성공하겠다."와 "그는 아침마다 공부함으로 성공을 다졌다."를 비교해 보면, 전자는 '~하기 때문에'의 이유를 나타내는 말이고, 후자는 '~하는 것으로써'의 뜻으로 수단방법을 나타낸다.

"불황으로 인해 회사가 힘들어지므로 열심히 일해야 한다." "기회가 있으므로 절망하지 않겠다." 등은 이유를 나타내므로 '~므로'가 된다.

"문물을 교환함으로 문화를 발전시킨다.", "산을 아름답게 가꿈으로 조국의 사랑에 보답한다." 등은 수단·방법을 나타내므로 '~ㅁ으로'가 바른 말이 된다.

14. '더욱이'와 '더우기'

종래의 맞춤법에서는 '더우기'를 옳은 철자로 하고, 그로부터 준말 '더욱'

이 나온 것처럼 설명했던 것인데, 새 맞춤법에서는 그와 반대의 입장을 취한 대표적인 것. 이제는 '더욱이'로 써야 한다.

이 '더욱이'라는 부사는 '그 위에 더욱 또'의 뜻을 지닌 말로서, 금상첨화(錦上添花)의 경우, 설상가상(雪上加霜)의 경우에 쓰인다. 이 쓰임과 같은 것 가운데 '일찍이'도 있다.. 이것도 종전에는 '일찌기'로 쓰였으나 이제는 '일찍이'로 써야 한다.

15. '작다'와 '적다'

작다는 '크다'의 반대말이고, 적다는 '많다'의 반대말이다.

16. '~던'과 '~든'

간단하게 표현하면, '~던'은 지난 일을 나타낼 때, '~든'은 조건이나 선택을 뜻할 때.

예를 들면 "꿈을 그리던 어린 시절", "그 책은 얼마나 재미가 있었던지."의 예문은 둘 다 과거를 회상하는 말이므로 '~던'을 사용해야 하고, "오든 말든 네 마음대로 해라.", "눈이 오거든 차를 가지고 가지 마라."의 경우는 조건·선택을 나타내므로 '~든'을 써야 합니다.

17. '초점'과 '촛점'(사이 'ㅅ'에 대하여)

둘 이상의 말이 합쳐 된 말이나 한자어 사이에는 'ㅅ'을 받치어 적는다. '나뭇잎', '냇가' 등.

첫째, 전체가 한자어인지 그렇지 않은지 판단한 후, 전체가 한자어라면 다음의 말 외에는 'ㅅ'을 넣지 않습니다.

곳간(庫間), 셋방(貰房), 숫자(數字), 툇간(退間), 횟수(回數), 찻간(車間) 따라서 焦點, 次數, 個數는 초점, 차수, 개수로 써야 한다.

둘째, 뒷말의 첫소리가 된소리로 발음되는 것에는 'ㅅ'을 넣는다. 나뭇가지, 아랫집, 조갯살, 전셋집, 햇수 등이 그 예. 또한 뒷말의 첫소리가 ㄴ이나 ㅁ, 모음으로 시작하는 단어 중에서 ㄴ소리가 덧붙여 발음되거나, ㄴ소리가 두 개 겹쳐 발음될 때 'ㅅ'을 넣는다. 아랫니, 제삿날, 곗날, 잇몸, 빗물 등. 그런데 수도물, 머리말, 노래말 등과 같이 발음에 이견이 있는 경우가 있다. 이럴때는 'ㅅ'을 버린다.

18. '내로라'와 '내노라'

'~로라'는 말하는 이가 자신의 동작을 의식적으로 쳐들어 말할 때 쓰는 말.

예를 들면 "내로라 하는 사람들은 그 회의에 모두 참석했습니다.", "내로라 우쭐거린다고 알아 줄 사람은 없습니다."

'~노라'는 움직임·행동을 나타내는 말 뒤에 쓰인다. "스스로 잘 했노라 뽐내지 마십시오.", "열심히 하겠노라 말했습니다." 등.

19. '~ㄹ게'와 '~ㄹ께'

'~줄까?', '~뭘꼬?' 등과 같은 의문 종결어미는 'ㄹ소리' 아래의 자음이 된소리가 날 때에만 된소리로 적고, ~할걸, ~줄게 등과 같은 종결어미는 1988년의 한글맞춤법에서 예사소리로 적어야 한다고 규정을 바꾸었다.

그러니 "그 일은 내가 할게.", "일을 조금 더 하다가 갈게."로 써야 바른
표기다.

20. '~마는'과 '~만은'

'~마는'은 그 말을 시인하면서 거기에 구애되지 아니하고, 다음 말에
의문이나 불가능, 또는 어긋나는 뜻을 나타내는 말이고, '~만은'은 어떤
사물을 단독으로 일컬을 때, 무엇에 견주어 그와 같은 정도에 미침을
나타낼 때 쓰는 말.

  '~마는'의 예로는 "여름이지마는 날씨가 선선하다.", "그는 성악가이지마는
  그림도 그렸다." 등이 있고, '~만은'의 예를 들면 "너만은 꼭 성공할 것이
  다.", "그의 키도 형만은 하다." 등을 들 수 있다.

21. '오뚝이'와 '오뚜기'

현행 맞춤법에서는 '오뚝이'만을 바른 표기 형태로 삼고 있다. 이와 같은
경우의 말들 가운데는 홀쭉이, 살살이, 쌕쌕이, 기러기, 딱따구리, 뻐꾸
기, 얼루기 등이 있다.

22. 혼동하기 쉬운 것 중에 자주 사용되는 말

  거치다 광주를 거쳐 제주도에 왔다.

  걷히다 외상값이 잘 걷힌다.

  가름 셋으로 가름

  갈음 새 의자로 갈음하였더니 허리가 덜 아프다.

걷잡다 걷잡을 수 없는 상태

겉잡다 겉잡아서 하루 걸릴 일

느리다 진도가 너무 느리다.

늘이다 고무줄을 늘인다.

늘리다 사무실을 더 늘린다.

다리다 옷을 다린다.

달이다 보약을 달인다.

다치다 뛰다가 넘어져 무릎을 다쳤다.

닫치다 문을 힘껏 닫쳤다.

닫히다 문이 저절로 닫혔다.

마치다 일을 모두 마쳤다.

맞히다 여러 문제를 다 맞혔다.

목거리 목거리가 덧나 병원에 다시 갔다.

목걸이 금목걸이를 선물로 받았다.

바치다 나라를 위해 목숨을 바쳤다.

받치다 공책 밑에 책받침을 받쳤다.

받히다 쇠뿔에 받혔다.

밭치다 술을 체에 밭친다.

부딪치다 차와 차가 부딪쳤다.

부딪히다 마차가 화물차에 부딪혔다.

시키다 일을 시킨다.

식히다 끓인 물을 식히다.

아름 세 아름 되는 둘레

알음 전부터 알음이 있는 사이

앎 앎이 힘이다.

안치다 밥을 안친다.

앉히다 윗자리에 앉힌다.

어름 군사분계선 어름에서 일어난 사건

얼음 얼음이 얼면 빙수를 먹자.

저리다 무릎을 꿇고 오래 앉아 있으면 다리가 저린다.

절이다 배추를 소금에 절인다.

조리다 생선을 간장에 조린다. 통조림

졸이다 마음을 졸이다.

잃다 길을 잃었다.

잊다 약속을 잊었다.

23. '왠지'와 '웬지'

'왠지'란 말은 있어도 '웬지'란 말은 없다.

　"이게 웬 일입니까?", "왠지 그 사업은 성공할 것 같군요.", "가을에는 왠지
여행을 가고 싶습니다." 등에 그 뜻을 집어 넣어 읽어 보면 금방 그 의미를
알 수 있다.

24. '드러내다'와 '들어내다'

'드러내다'는 드러나게 하다라는 뜻이고, '들어내다'는 물건을 들어서 밖

으로 옮기다,

예를 들면 "마음속을 드러내 보일 수도 없고 답답합니다.", "못 쓸 물건은 사무실 밖으로 들어내십시오." 등.

25. '곤욕'과 '곤혹'

이 말은 가려 쓰기 곤혹스러운 것 중에 하나이다.

곤욕(困辱)은 심한 모욕이라는 뜻을 지녔는데, "곤욕을 느끼다.", "곤욕을 당하다.", "곤욕을 참다."와 같이 쓰는 것이 맞습니다.

26. '일체'와 '일절'

일체와 일절은 모두 표준말입니다. 그러나 그 뜻과 쓰임이 다르기 때문에 주의해서 사용해야 한다.

일절(一切)의 절(切)은 '모두 체'와 '끊을 절', 두 가지 음을 가진 말입니다. 일체는 모든 것, 온갖 것이라는 뜻을 가진 말입니다. 일절은 전혀, 도무지, 통의 뜻으로 사물을 부인하거나 금지할 때 쓰는 말.

"그는 담배를 일절 피우지 않습니다.", "학생의 신분으로 그런 행동은 일절 해서는 안됩니다.", "안주 일체 무료입니다.", "스키 용품 일체가 있습니다."

27. '홀몸'과 '홑몸'

'홀'은 접두사로 짝이 없고 하나뿐이라는 뜻을 나타내는 말이다.

홀아비, 홀어미, 홀소리 등이 그 예다. '홑'은 명사로 겹이 아닌 것을 나타내는 말이다. 홑껍데기, 홑닿소리, 홑소리, 홑치마 따위가 그 예다.

28. '빛'과 '볕'

'빛'은 광(光)이나 색(色)을 나타내는 말로 "강물 빛이 파랗다.", "백열등 빛에 눈이 부시다." 고, '볕'은 볕 양(陽), 즉 햇빛으로 말미암아 생기는 따뜻하고 밝은 기운을 이르는 말. "볕이 좋아야 곡식이 잘 익는다.", "볕 바른 남향집을 짓는다." 등이 그 예.

29. '예부터'와 '옛부터'

'옛'과 '예'는 뜻과 쓰임이 모두 다른 말인데도, '예'를 써야 할 곳에 '옛'을 쓰는 경우가 아주 많다. 옛은 '지나간 때의'라는 뜻을 지닌 말로 다음에 반드시 꾸밈을 받는 말이 "이어져야 합니다. 예는 '옛적, 오래 전'이란 뜻을 가진 말입니다."

이것을 바로 가려 쓰는 방법은, 뒤에 오는 말이 명사 등과 같은 관형사의 꾸밈을 받는 말이 오면, '옛'을 쓰고 그렇지 않으면 '예'를 쓰면 됩니다.

"예부터 전해 오는 미풍양속입니다.", "예스러운 것이 반드시 좋은 것이 아닙니다.", "옛이야기는 언제 들어도 재미있습니다.", "옛날에는 지금보다 공기가 훨씬 맑았습니다."

30. '넘어'와 '너머'

'너머'는 '집·담·산·고개 같은 높은 것의 저쪽'을 뜻하는 말로, 동사 넘다 에서 파생된 명사. 그런데 이 말이 '어떤 물건 위를 지나다'란 뜻의 넘다의 연결형 '넘어'와 혼동을 해 쓰여 지고 있는 경우가 종종 있다.

31. '젖히다'와 '제치다'

'젖히다'는 안쪽이 겉면으로 나오게 하다, 몸의 윗부분이 뒤로 젖게 하다, 속의 것이 겉으로 드러나게 열다. 라는 뜻을 지닌 말

형이 대문을 열어 젖히고 들어 왔다.

몸을 뒤로 젖히면서 소리를 질렀다.

치맛자락을 젖히고 앉아 웃음거리가 되었다.

이와는 달리 '제치다'는 거치적거리지 않도록 치우다, 어떤 대상이나 범위에

서 빼다란 뜻을 지닌 말.

이불을 옆으로 제쳐 놓았다.

그 사람은 제쳐 놓은 사람이다.

32. '제끼다'와 '제키다'

'제끼다'는 어떤 일이나 문제 따위를 척척 처리하여 넘기다란 뜻을, '제키다'는 젖히다, 제치다, 제끼다와 뜻이 아주 동떨어진 말이나 발음이 유사해 잘못 쓰는 때가 있다. '제키다'는 살갗이 조금 다쳐서 벗겨지다라는 뜻을 가진 말.

그는 어려운 일을 척척 해 제끼는 사원이다.

어려운 수학 문제를 모두 풀어 제꼈다.

33. '놀란 가슴'과 '놀랜 가슴'

'놀라다'는 뜻밖의 일을 당하여 가슴이 설레다, 갑자기 무서운 것을 보고
겁을 내다라는 뜻이고, '놀래다'는 남을 놀라게 하다라는 뜻.

놀란 가슴을 진정했다.

깜짝 놀랐다.

남을 놀래게 하지 마라.

34. '비치다'와 '비추다' '비취다'

'비추다'는 빛을 내는 물체가 다른 물체에 빛을 보내다(달빛이 잠든 얼굴
을 비추고 있다.), 어떤 물체에 빛을 받게 하다(손전등으로 그의 얼굴을
비추었다.), 어떤 물체에 빛이 통과하다(필름을 해에 비추어 보았다.),
빛을 반사하는 물체에 다른 물체의 모양이 나타나게 하다(얼굴을 거울에
비추어 보았다.)라는 뜻을 지닌 말.

'비치다'는 빛이 나서 환하게 되다(손전등에 비친 수상한 얼굴), 빛을
받아 모양이 나타나다(이상한 불빛이 비쳤다 사라졌다.), 그림자가 나타
나 보이다(창문에 꽃 그림자가 비치었다.), 투명하거나 얇은 것을 통하여
드러나 보이다(살결이 비치는 옷), 얼굴이나 눈치 따위를 잠깐 또는 약간
나타내다(바빠서 그 모임엔 얼굴이나 비치고 와야겠다.)라는 뜻을 지니
고 있다.

'비취다'는 '비추이다'의 준말로 비추임을 당하다라는 뜻.

35. '~장이'와 '~쟁이'

새 표준어 규정에서는 ~장이와 ~쟁이를 가려 쓰도록 하고 있다. 그 말이

기술자를 뜻하는 말이면 ~장이를, 그렇지 않으면 ~쟁이를 붙인다.

  ~장이가 붙는 말 : 땜장이, 유기장이, 석수장이, 대장장이

  ~쟁이가 붙는 말 : 관상쟁이, 담쟁이, 수다쟁이, 멋쟁이.

36. '나무꾼'와 '나뭇군'

현실발음에서는 모두 '꾼'으로 발음이 나기 때문에 이것을 '~꾼' 한 가지
로 통일했다.

  일꾼 나무꾼 농사꾼 사기꾼 장사꾼 지게꾼

  현실 발음을 인정해서 표준어 형태를 바꾼 말 가운데 몇 개 예를 더 들면
'끄나풀, 칸막이, 방 한 칸, 나팔꽃, 살쾡이, 털어먹다' 등이 있다.

37. '수'와 '숫'

첫번째 원칙 : 수컷을 이르는 말은 '수~'로 통일.

  수사돈 수나사 수놈 수소

두 번째 원칙 : '수~' 뒤의 음이 거세게 발음되는 단어는 거센소리를
인정한다.

  수키와 수캐 수탕나귀 수탉 수퇘지 수평아리

세 번째 원칙 : '숫~'으로 적는 단어가 세 개 있습니다. 이는 예외.

  숫양 숫염소 숫쥐

38. '웃어른'과 '윗어른'

첫번째 원칙 : '팔', 쪽과 같이 거센소리나 된소리로 발음되는 단어 앞에

서는 '위~'로 표기

　위짝　위쪽　위채　위층

두 번째 원칙 : '아래, 위'의 대립이 없는 단어는 '웃~'으로 표기합니다.

　웃어른　웃국

기본 원칙 : '윗'을 원칙으로 하되, 앞의 첫째, 둘째 원칙은 예외다. 즉, 앞에서 예로 든 두 경우를 뺀 나머지는 모두 '윗'으로 적어야 한다.

　윗도리　윗니　윗입술　윗변　윗배　윗눈썹

39. '소고기'와 '쇠고기'

둘 다 표준어로 인정. 이와 같은 것으로 '~트리다와 ~뜨리다'(무너뜨리다/무너트리다, 깨뜨리다/깨트리다, 떨어뜨리다/떨어트리다 등)가 있으며, '~거리다와 대다'(출렁거리다/출렁대다, 건들거리다/건들대다, 하늘거리다/하늘대다 등)로 끝나는 말도 마찬가지이다.

바른손과 오른손도 종전에는 오른손을 표준어, 바른손을 사투리로 처리했으나, 지금은 둘 다 표준어로 인정함.

40. '우레'와 '우뢰'

현행 표준어 규정에서는 '우뢰'를 표준어로 삼지 않고, '우레'와 '천둥'을 표준어로 삼고 있다.

우레는 울게에서 나온 말이고, 울게는 울다에서 나온 말. 우레를 억지 한자로 적다보니 우뢰(雨雷)라는 말이 새로 생기게 되었는데, 우레는 토박이말이므로 굳이 한자로 적을 이유가 없어 '우뢰'는 이제 표준어 자격을 잃다.

41. '천정'과 '천장'

'방의 위쪽을 가려 막는 곳'이라는 의미를 갖는 천장도 이런 변화를 인정한 것 중에 하나다. 원래 형태는 천정이었는데, 이제는 천장(天障)이 표준어. 그러나 물가 따위가 한없이 오를 때 쓰는 '천정부지(天井不知)'는 그대로 표준어로 삼고 있다.

42. '봉숭아'와 '봉숭화'

현행 표준어 규정에서는 본래의 형태인 '봉선화'와 제일 널리 쓰이고 있는 '봉숭아'만을 표준어로 삼고 있다.

43. '재떨이'와 '재털이'

'담뱃재를 털다'에서 재와 털다와의 관계를 연상해 재털이가 표준어라고 알기 쉬우나 '재떨이'가 표준어다.

44. '개비'와 '개피'

'개비'는 가늘게 쪼갠 나무토막이나 조각, 쪼갠 나무토막을 세는 단위를 이르는 말입니다. 표준어는 '개비'다.

45. '곱슬머리'와 '꼽슬머리'

표준어는 '곱슬머리'와 '고수머리'다.

46. '갈치'와 '칼치'

생김새가 칼처럼 생겼기 때문에 붙은 이름이 '갈치'다. 칼의 고어(古語)는 '갈', 여기에 물고기를 나타낼 때 일반적으로 쓰는 말인 '치'가 합쳐져 갈치가 되었는데, 한자로는 칼 도(刀)자를 써서 도어(刀魚)라고도 한다. 칼치는 비록 널리 쓰이는 말이지만 표준어가 아니다. 갈치가 표준어다.

47. '꾀다'와 '꼬이다' '꼬시다'

'꼬시다, 꾀다, 꼬이다' 중 표준어는 '꾀다'와 '꼬이다'다.

48. '사글세'와 '삭월세'

월세의 딴 말인 '삭월세(朔月貰)'는 단순히 한자음을 빌려온 것일 뿐 한자가 갖는 뜻은 없는 것으로 보고, 사글세만을 표준어로 삼는다.

49. '총각무'와 '알타리무'

무청째로 김치를 담그는, 뿌리가 잘고 어린 무를 이르는 말인 총각무는 알타리무, 달랑무 등으로도 널리 알려져 있다. 그러나 현행 표준어 규정에서는 '총각무'만을 표준어로 삼고 있다.

띄어쓰기

50. 성과 이름

성과 이름, 성과 호 등은 붙여 쓰고, 이에 덧붙는 호칭어, 관직명 등은 띄어 쓰고 성에 붙는 '가, 씨'는 윗말에 붙여 쓴다.

김대성 서화담(徐花潭)   최가   이씨 채영선 씨 이충무공

우장춘 박사   이순신 장군   백범 김구 선생 김 계장

철수 군 이 군 정 양 박 옹

☞ 다만, 성과 이름, 성과 호를 분명히 구분할 필요가 있을 경우에는 띄어

　쓸 수 있다.

남궁선/남궁 선 독고탁/독고 탁   구양수/구양 수 황보지봉/황보 지봉/

존 케네디 이토오 히로부미

51. 고유 명사

성명 이외의 고유 명사는 단어별로 띄어 씀을 원칙으로 하되, 단위별로
띄어 쓸 수 있다.

명성 대학교 사범 대학/명성대학교 사범대학 한국 중학교/한국중학교

☞ 부설(附設), 부속(附屬), 직속(直屬), 산하(傘下) 따위는 고유 명사로 일컬

　어지는 대상물이 아니라, 그 대상물의 존재 관계를 나타내는 말이므로,

　원칙적으로 앞뒤의 말과 띄어 써야 한다.

학술원 부설 국어 연구소/학술원 부설 국어연구소

대통령 직속 국가 안전 보장 회의/대통령 직속 국가안전보장회의

52. 전문 용어

전문 용어는 단어별로 띄어 씀을 원칙으로 하되, 붙여 쓸 수 있다.

만성 골수성 백혈병/만성골수성백혈병 모음 조화/모음조화

긴급 재정 처분/긴급재정처분   손해 배상 청구/손해배상청구

해양성 기후/해양성기후   두 팔 들어 가슴 벌리기/두팔들어가슴벌리기

☞ 다만, 명사가 관형어(=용언의 관형사형)의 수식을 받거나 두 개 이상의
체언이 접속 조사로 연결되는 구조일 때에는 붙여 쓰지 않는다.

53. 지리적 용어

도(道), 시(市), 읍, 면, 리, 군, 구, 해(海), 도(島), 섬, 만, 양(洋), 주(州),
강(江), 사(社), 가(家), 인(人), 족(族), 계(系), 생(生), 선(船), 항(港)
말·어(語), 가(街), 계(界), 식(式) 등의 말은 우리말 명사와 붙여 쓰나,
외국어와는 띄어 쓴다.

  북해 카스피 해 한강   유프라테스 강

  남산 후지 산 부산항   앵글로색슨 족

  런던 식 프랑스 어

54. 색상

색상을 나타내는 순색의 빛깔 이름은 합성 명사로 보고 모두 붙여 쓰고,
순색이 아닌 것은 각각 독립된 명사로 보고 띄어 쓴다.

  순색 : 검은색, 흰색, 빨간색, 노란색, 바다빛.

  순색이 아닌 것 : 푸르죽죽한 빛, 검붉은 색

☞ 어떤 명사에 '색, 빛'이 붙어서 색깔이 어떠함을 나타낼 때에는 붙여 쓰지
만, 그 명사의 빛깔이 어떠함을 나타낼 때는 띄어 쓴다.

  지금의 하늘빛은 잿빛이다.   황금빛은 주황색이다.

55. 위치

속, 안, 때, 앞, 전, 후 등의 명사는 다른 명사와 띄어 쓴다.

　집 안　식사 때　얼마 전　머리 속　몸 안

　점심 전　산 속　시청 앞　퇴근 후

　☞ 그러나 다음 말들은 붙여 쓴다.

　숲속　품속　품안　눈앞　아침때　점심때　저녁때　오정때　이맘때

　그맘때　저맘때　여느때　보통때　평소때　기원전　기원후

56. 붙여 써서 이해하기 어려운 것

붙여 써서 이해하기 어렵거나 의존 명사로 인정되는 것은 띄어 쓴다.

　문명인 간(문명인들 사이)　　어떻든지 간에

　이렇든 저렇든 간에　　　18세기 말

　☞ 그러나 중, 전(前), 박(外), 안(內) 등이 접미사처럼 쓰여, 띄어 쓸 때 말뜻이

　　다르게 되는 것은 붙여 쓴다.

　무심중　안중　부지불식중　은연중　병중

　안전(眼前)　문밖(城外)　문안(城內)

57. 의존 명사

의존 명사(의미적 독립성은 없으나 다른 단어 뒤에 의존하여 명사적 기능
을 담당하므로, 하나의 단어로 다루어짐)는 띄어 쓴다.

　아는 것이 힘이다.　나도 할 수 있다.　먹을 만큼 먹어라.　아는 이를 만났다.

　네가 뜻한 바를 알겠다. 고향을 떠난 지 20여 년이 흘렀다.

모르는 체 학자인 양 놓칠 뻔 그럴 리가 없다.

☞ 의존 명사에는 '것, 들, 지, 뿐, 대로, 듯, 만, 만큼, 차, 판, 데, 때문' 등이 있는데, 조사어미 등과 혼동하기 쉬운 품사입니다. 이러한 '것, 들, 지, 뿐' 등이 관형어 아래 쓰이면 의존 명사, 체언 아래 쓰이면 조사, 서술어 아래 쓰이면 어미로 구분된다.

배, 사과, 감, 대추 들이 먹음직스럽다. 사람들, 여자들 남자들, 우리들 그가 떠난 지 오래다.

집이 큰지 작은지 모르겠다. 산이 어떻게나 높은지.

그 분을 따를 뿐이다. 셋뿐이다. 여자들뿐이다.

58. 두 말을 이어 주거나 열거할 때

두 말을 이어 주거나 열거할 때는 띄어 쓴다.

국장 겸 과장 열 내지 스물 이사장 및 이사들 책상, 걸상 등이 있다.

서울, 부산 등지 사과, 배, 감 등등 청군 대 백군

59. 단음절로 된 단어가 연이어 나타날 때

단음절로 된 단어가 연이어 나타날 때에는 붙여 쓴다.

그때 그곳 좀더 큰것 이말 저말

한잎 두잎 이곳 저곳 내것 네것

60. 단위를 나타내는 명사

단위를 나타내는 명사는 띄어 쓴다.

한 개 차 두 대 조기 한 손 옷 한 벌 열 살 신 두 켤레 버선 한 죽
연필 한 자루 북어 한 쾌 소 한 마리 고기 두 근 열 길 물 속 풀 한
포기
금 서 돈 은 넉 냥 논 두 마지기 물 한 모금 집 두 채 벼 석 섬
☞ 순서를 나타내거나, 숫자와 어울리는 경우에는 붙여 쓸 수 있다.
제일편 제일과 제삼장 삼학년 두시 삼십분 오초 3년 칠층
일천구백구십칠년 팔월 오일 55원 75마일 52그램 95미터
다만, 수효를 나타내는 '개년, 개월, 일(간), 시간' 등은 붙여 쓰지 않는다.
오 년 팔 개월 이십 일간 체류하였다.

61. 조사

조사는 그 앞말에 붙여 쓴다.
꽃이 꽃마저 꽃밖에 꽃에서부터 꽃으로만 꽃이나마 꽃이다
꽃입니다 꽃처럼 어디까지나 거기도 멀리는 웃고만 너조차
바다보다 깊은 어머니 마음
☞ 조사가 둘 이상 겹쳐지거나, 조사가 어미 뒤에 붙는 경우에도 붙여 쓴다.
집에서처럼 학교에서만이라도 여기서부터입니다 어디까지입니까
나가면서까지도 들어가기는커녕 아시다시피 옵니다그려 알았다. 라고

62. 용언

용언은 문장의 주체를 서술하는 기능을 가진 단어로, 용언에는 동사와
형용사가 있다.

꽃이 꽃마저 꽃밖에 꽃에서부터 꽃으로만 꽃이나마 꽃이다

꽃입니다 꽃처럼 어디까지나 거기도 멀리는 웃고만 너조차

바다보다 깊은 어머니 마음

☞ 보조용언은 띄어 씀을 원칙으로 하되, 경우에 따라 붙여 쓸 수 있다.

불이 꺼져 간다/불이 꺼져간다 어머니를 도와 드린다/어머니를 도와드린다

비가 올 듯하다/비가 올듯하다 그 일은 할 만하다/그 일은 할만하다

그릇을 깨뜨려 버렸다/그릇을 깨뜨려버렸다

☞ '~아/어' 뒤에 연결되는 보조 용언은 붙여 쓸 수 있다.

되어 간다/되어간다 알아 가지고 간다/알아가지고 간다

이겨 냈다/이겨냈다 적어 놓다/적어놓다 떠들어 댄다/떠들어댄다

알아 둔다/알아둔다 써 본다/써본다   견뎌 오다/견뎌오다

그러나 '~아/어' 뒤에 '서'가 줄어진 형식에서는 뒤의 단어가 보조 용언이

아니므로, 붙여 쓰지 않는다

사과를 깎아드린다/사과를 깎아서 드린다 고기를 잡아본다/고기를 잡아서

본다

63. 보조 용언

의존 명사 '양, 척, 체, 만, 법, 듯' 등에 '~하다'나 '~싶다'가 결합하여

된 보조 용언은 붙여 쓸 수 있다.

학자인 양한다/학자인양한다 모르는 체한다/모르는체한다

올 듯싶다/올듯싶다 놓칠 뻔하였다/놓칠뻔하였다

64. 보조 용언이 거듭되는 경우

보조 용언이 거듭되는 경우는 앞의 보조 용언만을 붙여 쓸 수 있다.

　기억해 둘 만하다/기억해둘 만하다　읽어 볼 만하다/읽어볼 만하다

　도와 줄 법하다/도와줄 법하다

65. 용언의 어미 '지' 다음

용언의 어미 '지' 다음의 부정 보조 동사 '아니하다, 못하다'와 질과 양의
우열을 나타내는 '못하다'는 붙여 쓴다.

　먹지 못하다　사랑스럽지 못하다　동생만 못하다　저것보다 못하다

　공부를 못한다(성적이 안 좋다)　예쁘지 아니하다　뛰지 아니하다

　몸이 아파서 공부를 못 하다　몸이 아파서 일을 아니 하다

　또한, 어미 '지' 다음의 '아니하다, 못하다'는 '지' 다음에 조사가 붙더라도

　띄어 쓰지 않는다.

　먹지를 못하다　예쁘지는 아니하다

66. 보조 동사 '내다'가 한 음절의 말에 붙어 굳어진 것

보조 동사 '내다'가 한 음절의 말에 붙어 굳어진 것은 붙여 쓴다.

　퍼내다　빼내다　떠내다　펴내다　써내다

　짜내다　파내다　쳐내다　캐내다

67. 접미사에서 용언이 파생된 경우

일부 명사에 '지다, 하다, 되다, 거리다, 싶다, 없다, 이다, 삼다, 나다,

들이다, 시키다, 받다, 당하다' 등이 붙어 접미사적으로 쓰여 용언으로
파생된 경우에는 붙여 쓴다.

　한숨지다　노래하다　걱정되다　소근거리다　듯싶다　가뭇없다　끄덕이다
　문제삼다　결론나다　길들이다　결정시키다　오해받다　봉변당하다
　☞ 그러나 용언(보조 용언, 동사, 형용사) 등으로 쓰이면 띄어 쓴다.
　보고 지고　일을 하다　친척이 되다　먹고 싶다　경험이 없다

68. 다니다

보조 동사 '가다'를 윗말에 붙여 쓰는 합성어에서 '가다' 대신 '다니다'가
붙는 것은 붙여 쓴다.

　뛰어가다/뛰어다니다　따라가다/따라다니다　지나가다/지나다니다
　쫓아가다/쫓아다니다　날아가다/날아다니다

69. 관형사

관형사 '이, 그, 저, 아무'는 다음 말에 한하여 붙여 쓴다.

　이것　그것　저것　아무것　이곳　그곳　저곳　이놈　그놈
　저놈　이때　그때　저때　이번　그번　저번　이이　그이　저이
　이즈음　그즈음　저즈음　이쪽　저쪽　그쪽　이편　저편　그편
　그간　그새　아무짝

70. 관형사 '몇'

관형사 '몇'은 수의 개념인 다음과 같은 말과 함께 쓰일 때 붙여 쓴다.

몇몇 사람 몇십 개 몇백 년 몇천 마리 몇십만 냥 몇억

71. 부사 '못, 안'과 함께 쓰이는 '하다, 되다'

부사인 '못, 안'과 함께 쓰이는 '하다, 되다'는 다음과 같이 쓰인다.

☞ '못하다'는 다음 경우에 붙여 쓰고, 그 이외에는 띄어 쓴다.

먹지 못하다.   공부를 못하다.(성적이 나쁘다.)

☞ '못되다'는 버릇없이 자라서 되어 먹지 못한 경우에만 붙여 쓰고 나머지는
붙여 쓴다.

못된 자식 못된 송아지 엉덩이에 뿔난다.

☞ '안 하다'는 모두 띄어 써야 합니다.

일을 안 한다.   그 일은 안 해도 된다.

☞ '안된다'는 섭섭하거나 가엾고 애석한 느낌이 있음을 나타내는 말만 붙여
쓰고 나머지는 띄어 쓴다.

그것참 안되었구나.   하지 않으면 안 된다.

72. 두 개의 부사가 겹쳐진 것

두 개의 부사가 겹쳐진 것 가운데 다음 경우에는 붙여 쓴다.

곧바로 더욱더 똑같이 제아무리 곧잘 더한층 또다시 좀더

73. 부사로 간주하여 붙여 쓰는 말들

다음 말들은 부사로 간주하여 붙여 쓴다.

그런고로 보다못해 이를테면 하루바삐 그런대로

아니나다를까 적지않이 한시바삐 다름아니라

오래간만에 제멋대로 덮어놓고 왜냐하면 하루빨리

74. 첩어와 준첩어, 의성어, 의태어

첩어와 준첩어, 의성어, 의태어 등은 붙여 쓴다.

가끔가끔 곤드레만드레 기우뚱기우뚱 들락날락 왈가닥달가닥

요리조리 가만가만히 두고두고 머나먼 이러나저러나 이모저모

하루하루 본둥만둥 여기저기 이리저리 그럭저럭

☞ 그러나 다음의 경우는 붙여 쓰지 않는다.

곱게 곱게 흘러 흘러 곧게 곧게 깊게 깊게

　☞ 한편 '~디, ~나(고)'를 취하는 말은 첩어로 보고 붙여 쓴다.

곱디곱다 차디차다 크디크다 싸고싼 맵고매운

75. 명사에 '좋다'가 붙는 말

명사에 '좋다'가 붙어서 한 문법적 구실을 나타내는 말로 다음의 경우
붙여 쓰고 그 이외에는 모두 띄어 쓴다.

기분좋다 맛좋다 사이좋다 재미좋다 재수좋다 허울좋다

76. 깊다

'깊다'는 '뜻깊다'만 붙여 쓰고 그 이외에는 모두 띄어 씁니다.

뜻깊은 날 물속 깊이 가라앉다

77. 구령

모든 구령은 붙여 쓴다.

열중쉬어 앞으로가 옆에총 편히쉬어

뒤로돌아가 우로가 좌로가

78. 접두사가 붙은 파생어

접두사가 붙은 파생어(한자어 접두사도 포함)는 원칙적으로 붙여 쓴다.

갓스물 강추위 객식구 건포도 곁가지 군살림 덧니

암놈되새김 내리사랑 늦가을 선잠 애늙은이 웃어른 좀도둑

홑이불 햇곡식 소(小)극장 준(準)우승 중(重)공업 당(當)회사

대(大)가족 무(無)기력 외(外)삼촌 왕(王)새우 범(汎)신론

☞ 그러나 붙여 써서 이해하기 어렵거나 관형사로 인정되는 것은 띄어 써야
    한다.

별 이상한 말 전 국회 의원 순 우리말

매 회계년도 신 교육 과정 총 작업 시간

79. 접미사가 붙은 파생어

접미사가 붙은 파생어는 원칙적으로 붙여 쓴다.

전문가(家) 장난꾸러기 아시다시피 미국식(式) 본적지(地)

주간지(紙) 적정가(價) 겨울내 사랑채 접수처(處) 승강구(口)

소식통(通) 영감마님 세기말 눈매 총무국(局) 서울행(行)

이순신전(傳) 마음껏 히피족(族) 수준급(級) 은연중(中)

문장부호

마침표

80. 온점(.)

(1) 서술, 명령, 청유 등을 나타내는 문장의 끝에 쓴다.

젊은이는 나라의 기둥이다. 황금 보기를 돌같이 하라. 학교로 돌아가자.

☞ 다만, 표제어나 표어에는 쓰지 않는다.

표제어 ― 압록강은 흐른다

표어 ― 꺼진 불도 다시 보자

(2) 아라비아 숫자만으로 연월일을 표시할 때에 쓴다.

1997. 8. 5. (1997년 8월 5일)

(3) 표시 문자 다음.

1. 느낌표 ㄱ. 표준어 가. 지명

(4) 준말을 나타내는 데.

서. 1997. 8. 5. (서기 1997년 8월 5일) Mr. No.

(5) 본문과 괄호 안의 문장이 겹칠 때.

우리는 임금 인상을 요구한다.(지난 5년 동안 회사는 임금동결로 일관했다.)

그 과학자는 모든 것(동물이나 식물까지도 포함한다)을 연구 대상으로 삼았
다.

(6) 짧은 글월이 여러 개 겹쳐 있을 때에는 마지막 이외의 글월 끝에
마침표 대신 쉼표를 친다.

간다, 간다, 나는 간다.

☞ 온점(.), 고리점(˚)

가로쓰기에는 온점, 세로쓰기에는 고리점을 쓴다.

81. 물음표(?)

의심이나 물음을 나타낸다.

(1) 직접 질문할 때.

지금 떠나면 몇 시에 도착하니? 성함이 어떻게 되십니까?

(2) 반어나 수사 의문을 나타낼 때.

제가 감히 거역할 리가 있습니까? 이게 그 일에 대한 첨부물이냐?

그 사람이 장관이 되면 얼마나 좋을까?

(3) 특정한 어구 또는 그 내용에 대하여 의심이나 빈정거림, 비웃음 등을
표시할 때, 또는 적절한 말을 쓰기 어려운 경우에 소괄호 안에 쓴다.

우리 집 강아지가 가출(?)을 했어요. 그것 참 탁월한(?) 선택이야.

☞ 한 문장에서 몇 개의 선택적인 물음이 겹쳤을 때에는 맨 끝의 물음에만
  쓰지만, 각각 독립된 물음인 경우에는 물음마다 쓴다.

당신은 일본인입니까, 중국인입니까? 너는 언제 왔니? 어디서 왔니? 무엇하
러 왔니?

☞ 의문형 어미로 끝나는 문장이라도 의문의 정도가 약할 때에는 물음표 대신
  온점(또는 고리점)을 쓸 수도 있다.

82. 느낌표 (!)

감탄이나 놀람, 부르짖음, 명령 등 강한 느낌을 나타낸다.

(1) 느낌을 힘차게 나타내기 위해 감탄사나 감탄형 종결 어미 다음에.

앗! "아, 달이 밝구나!"

(2) 강한 명령문 또는 청유문에.

지금 바로 대답해! 부디 운전조심하도록!

(3) 감정을 넣어 다른 사람을 부르거나 대답할 때.

춘향아! "예, 도련님!"

(4) 물음의 말로써 놀람이나 항의의 뜻을 나타내는 경우에.

이게 누구야! 내가 왜 나빠!

☞ 감탄형 어미로 끝나는 문장이라도 감탄의 정도가 약할 때에는 느낌표 대신 온점을 쓸 수도 있다.

개구리가 나온 것을 보니, 봄이 오긴 왔구나.

쉼표

83. 반점(,)

문장 안에서 짧은 휴지를 나타낸다.

(1) 같은 자격의 어구가 열거될 때에.

충청도의 계룡산, 전라도의 내장산, 강원도의 설악산은 모두 국립 공원이다.

☞ 다만, 조사로 연결될 때에는 쓰지 않음.

매화와 난초와 국화와 대나무를 사군자라고 한다.

(2) 짝을 지어 구별할 필요가 있을 때에.

닭과 지네, 개와 고양이는 상극이다.

(3) 바로 다음의 말을 꾸미지 않을 때.

슬픈 사연을 간직한, 경주 불국사의 무영탑

(4) 대등하거나 종속적인 절이 이어질 때에.

콩 심으면 콩 나고, 팥 심으면 팥 난다.

(5) 부르는 말이나 대답하는 말 뒤에.

애야, 이리 오너라.   예, 지금 가겠습니다.

(6) 제시어 다음에.

용기, 이것이야말로 무엇과도 바꿀 수 없는 젊은이의 자산이다.

(7) 도치된 문장에.

이리로 오십시오, 사장님.

(8) 가벼운 감탄을 나타내는 말 뒤에.

아, 그것이 있었구나.

(9) 문장 첫머리의 접속이나 연결을 나타내는 말 다음에.

첫째, 몸이 튼튼해야 무엇이든 할 수 있다.

☞ 다만, 일반적으로 쓰이는 접속어(그러나, 그러므로, 그리고, 그런데 등)

뒤에는 쓰지 않음을 원칙으로 함.

(10) 문장 중간에 끼여든 구절 앞뒤에.

나는, 솔직히 말하면, 그 일이 별로 탐탁하지 않다.

(11) 되풀이를 피하기 위하여 한 부분을 줄일 때에.

여름에는 바다에서, 겨울에는 산에서 휴가를 즐겼다.

(12) 문맥상 끊어 읽어야 할 곳에.

철수가 울면서, 떠나는 영희를 배웅했다.   철수가, 울면서 떠나는 영희를

배웅했다.

(13) 숫자와 수의 자릿점을 나열할 때에.

　1, 2, 3, 4, 5,……　1, 234, 567

(14) 수의 폭이나 개략의 수를 나타낼 때에.

　7, 8세기　5, 6개

84. 가운뎃점 (·)

열거된 여러 단위가 대등하거나 밀접한 관계임을 나타낼 때.

(1) 쉼표로 열거된 어구가 다시 여러 단위로 나누어질 때에.

　시장에 가서 사과·배·감, 마늘·양파·고추, 조기·명태·고등어를 샀다.

(2) 특정한 의미를 가지는 날을 나타내는 숫자에.

　3·1운동　8·15광복

(3) 같은 계열의 단어 사이에.

동사·형용사를 합하여 용언이라고 한다.

85. 쌍점 (:)

(1) 내포되는 종류를 들 때에.

　문방사우 : 붓, 먹, 벼루, 종이

(2) 소표제 뒤에 간단한 설명이 붙을 때에.

　일시 : 1997년 8월 5일 오전 10시

(3) 저자명 다음에 저서명을 적을 때에.

　정약용 : 목민심서, 경세유표

(4) 시(時)와 분(分), 장(章)과 절(節) 등을 구별할 때나, 둘 이상을 대비할

때에.

오전 10:30(오전 10시 30분)   요한 3:16(요한복음 3장 16절)

대비 55:65 (55 대 65)

86. 빗금 (/)

(1) 대응, 대립되거나 대등한 것을 함께 보이는 단어와 구, 절 사이에.

남궁진/남궁 진   백칠십육 원/176원   착한 사람/악한 사람

(2) 분수를 나타낼 때에.

2/4 분기   4/5

따옴표

87. 큰따옴표 (" ")

대화, 인용, 특별 어구 따위를 나타낸다.

(1) 글 가운데서 직접 대화를 표시할 때에.

"박물관에 간 적이 있니?" "응, 지난 겨울 방학 때 갔었어."

(2) 남의 말을 인용할 경우에.

'사람은 사회적 동물이다.'라고 말한 학자가 있다.

☞ 가로쓰기에는 큰따옴표(" "), 세로쓰기에는 겹낫표(『 』) 를 쓴다.

88. 작은따옴표 (' ')

(1) 따온 말 가운데 다시 따온 말이 들어 있을 때에.

"여러분! '하늘이 무너져도 솟아날 구멍이 있다.'는 말을 잊지 마십시오."

(2) 마음속으로 한 말을 적을 때에.

‘만약 내가 미국으로 간다면 모두들 깜짝 놀라겠지.’

☞ 문장에서 중요한 부분을 두드러지게 하기 위해 쓰기도 한다.

‘배부른 돼지’보다는 ‘배고픈 소크라테스’가 되겠다.

☞ 가로쓰기에는 작은따옴표(‘’), 세로쓰기에는 낫표(「 」) 를 쓴다.

묶음표

89. 소괄호(( ))

(1) 원어, 연대, 주석, 설명 등을 넣을 때에 씁니다.

커피(coffee)는 기호 식품이다. 3·1운동(1919) 당시 나는 15세였다.

「무정(無情)」은 춘원(6·25때 납북)의 작품이다.

니체(독일의 철학자)는 이렇게 말했다.

(2) 특히 기호 또는 기호 구실을 하는 문자, 단어, 구에.

(3) 서술어 (ㄱ) 동사 (가) 음성에 관한 것

(4) 빈자리임을 나타낼 때에.

우리 나라의 수도는 (   )이다.

90. 중괄호({ })

묶음표(括弧符) — 중괄호({ })는 여러 단위를 동등하게 묶어서 보일 때에 쓴다.

주격 조사 {이가}

91. 대괄호(〔 〕)

(1) 묶음표 안의 말이 바깥 말과 음이 다를 때에.

　나이[年歲]　낱말[單語]　손발[手足]

(2) 묶음표 안에 또 묶음표가 있을 때에.

　명령의 불확실 [단호(斷乎)하지 못함] 은 복종의 불확실 [모호(模糊)함] 을

　낳는다.

92. 꺾쇠 (「 」)

가로쓰기 조판에서 주로 책이름을 표시할 때에.

이음표

93. 줄표(−)

이미 말한 내용을 다른 말로 부연하거나 보충함을 나타낸다.

(1) 문장 중간에 앞의 내용을 다른 말로 부연하거나 보충함을 나타냄.

　그 애는 네 살에−보통 아이 같으면 한글도 모를 나이에−벌써 시를

　지었다.

(2) 앞의 말을 정정 또는 변명하는 말이 이어질 때에.

　어머님께 말했다가−아니, 말씀드렸다가−꾸중만 들었다.

　이건 내 것이니까−아니, 내가 처음 발견한 것이니까−절대로 양보할 수가

　없습니다.

94. 붙임표 (−)

⑴ 사전, 논문 등에서 합성어를 나타낼 때에, 또는 접사나 어미임을 나타
 낼 때에.

 겨울-나그네 불-구경 손-발 휘-날리다 슬기-롭다 ―(으)ㄹ걸

⑵ 외래어와 고유어 또는 한자어가 결합되는 경우를 보일 때에.

 나일론-실 디-장조 빛-에너지 염화-칼륨

⑶ 문장의 한 성분이 동등한 두 개 이상의 단위로 구성되었을 때 그
사이에.

 그것은―경험-분석적인 제 과학의 결과로 생긴 이론이다.

95. 물결표 (∼)

⑴ '내지'라는 뜻에.

 9월 15일 ∼ 9월 25일

⑵ 어떤 말의 앞이나 뒤에 들어갈 말 대신.

 새마을 : ∼운동 ∼노래

 ―가(家) : 음악∼ 미술∼

96. 드러냄표(˙ ˙ ˙)

 드러냄표(顯在符) ― 드러냄표(˙ ˙ ˙)는 문장 내용 중에서 주의가 미쳐야
할 곳이나 중요한 부분을 특별히 드러내 보일 때에.

 한글의 본 이름은 훈민정음이다.

 중요한 것은 왜 사느냐가 아니라 어떻게 사느냐이다.

 ☞ 드러냄표 대신 밑줄( )을 치기도 한다.

다음 보기에서 <u>동사가 아닌 것은?</u>

안드러냄표

97. 숨김표 (××, ○○)

알면서도 고의로 드러내지 않음을 나타낸다.

(1) 금기어나 비속어의 경우, 그 글자의 수효만큼 쓴다.

　배운 사람 입에서 어찌 ○○○란 말이 나올 수 있느냐?

　그 말을 듣는 순간 ×××란 말이 목구멍까지 치밀었다.

(2) 비밀을 유지할 사항일 경우, 그 글자의 수효만큼 쓴다.

　육군 ○○부대 ○○○명이 작전에 참가하였다.

　그 모임의 참석자는 김××씨, 정××씨 등 5명이었다.

98. 빠짐표(□)

글자의 자리를 비워 둠을 나타낸다.

(1) 옛 비문이나 서적 등에서 글자가 분명하지 않을 때에 그 글자의 수효
　만큼 쓴다.

　大師爲法主□□賴之大□ (옛 비문)

(2) 글자가 들어가야 할 자리를 나타낼 때에 쓴다.

　훈민정음의 초성 중에서 아음(牙音)은 □□□의 석 자다.

99. 줄임표(……)

(1) 할 말을 줄였을 때에.

"'어디 나하고 한 번…….' 하고 철수가 나섰다."

(2) 말이 없음을 나타낼 때에.

"빨리 말해!"   " "   "……."   " "

수필창작의 기초와 실제

2012년 2월 10일 1판 1쇄 발행

지은이 · **변해명** | 발행인 · 이선우
펴낸곳 · 도서출판 **선우미디어**

등록 | 1997. 8. 7 제300-1997-148호
110-070 서울시 종로구 내수동 75 용비어천가 1435호
☎ 2272-3351, 3352 팩스: 2272-5540 sunwoome@hanmail.net

Printed in Korea ⓒ 2012 변해명

값 10,000원

※ 잘못된 책은 바꿔 드립니다.
※ 저자와 협의하여 인지 생략합니다.
※ 이 책은 한국문화예술위원회 창작지원금으로 제작되었습니다.

ISBN 978-89-5658-303-7 03810